KIM . 'EL AMIGO DE TODO EL MUNDO'

Relato inspirado en la obra
"KIM" de Rudyard Kipling

Por Margarita María Niño Torres

Tabla de Contenido

Breve introducción

Imagino que todos los que fuimos niños en algún período del siglo veinte en cualquier lugar en donde la obra KIM de Rudyard Kipling tuviera existencia en nuestro idioma, conocimos a Kim e hicimos de él nuestro amigo imaginario. Recuerdo las referencias a Kim en los grupos de Scouts en México, con o sin implicaciones directas en las actividades de grupo pero que después eran vivamente comentadas por los niños. Yo misma fui seducida por esa incansable imaginación, creatividad para las cosas más ordinarias, alegría en medio de la pobreza y mentiras deliciosamente locas del diablillo Kim.

Por todo esto y por el avistamiento de lo que tuvo que ser una magnífica vida adulta, presento a mis lectores esta memoria mía de la gran novela de Kipling.

El nombre del 'Sahib Kipling' que pongo como Director del Museo de Lahore, lo he tomado de una referencia bibliográfica en la cual se relata que el padre de Rudyard fue una figura de gran importancia en la existencia y cuidado de ese Museo.

M.Niño T.

Situación política que enmarca esta historia

En la segunda mitad del siglo diecinueve, Inglaterra gobernaba la India cuya frontera norte estaba formada por los límites con el Tíbet hacia el Este y con Afganistán y

Persia hacia el Oeste. (Paquistán no existía como país independiente).

En Afganistán se sucedían conflictos dos veces convertidos en verdaderas guerras con Inglaterra, relacionados con el control de la región norte de la India, gobernada entonces por Inglaterra y que que Rusia venía socavando desde su posición en Afganistán. Estas potencias habían firmado un acuerdo que no se cumplía realmente. Pueblos nativos tanto en Afganistán como en India estaban divididos en favor de una u otra y tenían cuerpos armados separados que actuaban, cada uno, más o menos bajo la dirección de la potencia a la cual preferían. En esta situación, los ejércitos ingleses en la India permanecían dedicados a labores de supervisión de pasos y vías fronterizas, en medio de la vida desordenada y llena de movimiento de las gentes. Las labores de espionaje formaban redes invisibles que involucraban como espías a muy diversos sujetos, tanto nativos como extranjeros y cuyas contribuciones marcaban las decisiones de los jefes respectivos para actuar dentro de ese forcejeo británico-ruso por el control del comercio de las riquezas del gran país asiático. A este forcejeo se llamó 'El Gran Juego' y en el marco del mismo tiene lugar la historia de Kim O'Hara.

Los padres de Kim

El sargento Kimball O'Hara pertenecía al regimiento irlandés ubicado en cercanías de la ciudad de Lahore en el norte de la India. Llevaba tres años desde su vinculación y consiguiente viaje a la India, cuando se casó con la niñera irlandesa que trabajaba en la casa del Coronel jefe del regimiento. Los últimos años de su servicio activo, el sargento O'Hara estuvo como encargado al frente del mantenimiento de la línea férrea de Ferozepore. Los integrantes del batallón fueron liberados y O'Hara habría podido regresar a Irlanda después de que su esposa dio a luz un niño, pero no lo hizo sino que continuó viviendo con su familia en Lahore. Cuando el niño, a quien dieron el nombre de Kimball, pero todos llamaban Kim tenía tres años, la madre murió de fiebres. Entonces O'Hara a los veintiséis años de edad, viudo y sin trabajo, se convirtió en un vago. Se lo veía caminar a lo largo de la línea del ferrocarril llevando al niño de la mano. En ese año conoció a una mujer que vendía opio. O'Hara aprendió a fumar opio y se hizo adicto. La mujer tomó mucho afecto al niño y a todo el que le preguntaba contestaba que ella era hermana de la madre del niño y que no lo iba a entregar para que lo llevaran a un hospicio.

Cinco años después murió el padre quien dejó como herencia magnífica a su hijo tres papeles que consideraba mágicos y que harían de Kim un verdadero inglés: el certificado de su vinculación al ejército en Londres, el certificado de su liberación del ejército en Lahore y el certificado del nacimiento de su hijo que llevaba el mismo nombre del padre: Kimball O'Hara.

La supuesta tía tomó esos papeles y los guardó muy doblados dentro de un pequeño, muy seguro y protegido bolso de cuero de los que se usan para guardar amuletos, bolso que colgó al cuello de Kim, recordándole lo que su padre le había dicho muchas veces antes de morir: "Cuando

7

Kim encontrara un toro rojo en un campo verde y soldados que preparaban algo, sabría que estaba a punto de cumplirse la magia y debía buscar al jefe para mostrarle sus papeles. Tal era su legado".

El amigo de todo el mundo

Kim, aunque creció como un niño indio de la clase más miserable, tenía muy claro que a él lo esperaba un toro rojo en un campo verde para que se cumpliera la magia que haría de él un hombre importante. Desde los siete años ese pensamiento era recurrente para él. Apoyado en eso y aleccionado por la tía, Kim aprendió a no dejarse ver de ningún inglés de los que buscaban niños blancos callejeros para llevarlos a las escuelas de las montañas. Él debía encontrar su toro antes de cualquier otra cosa.

A los diez años Kim podía reconocer todas las castas y todos los trajes de soldados indios que servían en Lahore, entendía todos los lenguajes del pueblo y entendía muy bien el inglés y lo hablaba con el acento cortado de los nativos de la India. Era siempre el cabecilla cuando se reunían chicos para hacer alboroto o para recorrer mercados o por cualquier motivo. En una plaza sobre uno de cuyos bordes se ubicaba el Museo de Lahore, por fuera del Museo y sus tesoros, se exhibía un antiguo cañón que el tiempo y la humedad se habían encargado de pintar de verde. Era el Zam-Zammah, usado permanentemente como cabalgadura de uno o más harapientos caballeros de diez años o menos, de los que abundan en todo lugar poblado de la India. Kim había establecido su derecho incondicional a usar ese trono cuando lo deseara y todos respetaban esa primacía en cuanto él llegaba al lugar.

El Museo que contenía muchas obras de gran valor histórico y artístico de la India y otros países de Asia, había sido construido, organizado y administrado durante todo el tiempo de su existencia por los Masones ingleses. Por los días de Kim, el Director del museo era un inglés mayor, muy instruido y conocedor de la historia y cualidades de todos los elementos que se encontraban cuidadosamente organizados en el Museo y velaba por una apropiada conservación de los mismos; hablaba y comprendía además del inglés y el urdu, el tibetano y algunos dialectos provinciales cercanos.

Curioso y atento a los detalles, Kim, además de conocer el museo en su totalidad y de haberse hecho amigo del Director, estaba siempre listo para ayudar a otros, fuera que esperara recibir algo a cambio o no. Siempre que había algún problema callejero, él buscaba algo que pudiera hacerse para resolverlo o salía veloz a buscar a alguien que supiera cómo lograrlo. Así se ganó el mote de 'amigo de todo el mundo' por el cual fue siempre reconocido. Muchos no sabían su nombre real. Así pasaron otros dos años. Kim vivía en el mismo sector de siempre aunque la 'tía' ya no estaba por esos lados y la casa de la vecina que lo había acogido estaba gobernada por el marido, que no quiso aceptarlo. Kim sabía conseguir su comida por el tradicional método de mendigar y también sabía ganar una que otra moneda haciendo favores especiales, fundamentalmente relacionados con entrega de recados que pasaban completamente desapercibidos para quienes no fueran los interesados, en las cercanías del mercado. Entre ellos un afgano, Mahbub Alí, tratante de caballos, quien suplía en esa línea a los oficiales ingleses del sector, simpatizaba con el chico y confiaba en él.

Personaje no identificable

Una tarde Kim estaba a caballo en el Zam-Zammah, cuando vio aparecer por una esquina a un personaje cuya vestimenta no correspondía a ninguna que él conociera en todo Lahore: una túnica amarilla de tela pesada que llegaba casi a los tobillos y un sombrero estrafalario de color rojizo, de ala muy ancha que impedía casi totalmente ver la cara del hombre, quien era fácil de reconocer como un anciano santón por el rosario que colgaba de su cintura. Los chicos que rodeaban el cañón salieron en carrera para ver de cerca al desconocido. Él les dijo algo que ellos no entendieron por lo cual regresaron siempre a la carrera para comentar con Kim, dado que él no se había movido de su trono.

"Díganle que venga, tal vez yo pueda entenderle", fue la importante decisión del rey de la calle, que sus súbditos cumplieron cabalmente. El viejo, con calma, se aproximó al cañón siguiendo a los emisarios de Kim.

Kim descendió rápidamente y se acercó al anciano para preguntarle qué deseaba.

El anciano le dijo que quería saber qué casa era ésa, señalando el Museo y si ahí era posible entrar para ver lo que había adentro. Kim le contestó que era la casa de la Magia o 'el Museo' como le decían los ingleses y que claro que podía entrar.

El anciano preguntó entonces que cuánto debía pagar para entrar y Kim le dijo: "no hay que pagar nada. Yo he entrado más de cien veces y nunca he pagado ni un céntimo", y sin preguntarle nada, tomó la mano del santón y lo llevó hacia adentro. Los demás chicos salieron corriendo porque creían que allá había magia que podía convertirlos en animales... y muchas otras cosas que habían oído a la gente supersticiosa de su mundo.

La Casa de la Magia

Una vez adentro, Kim miró hacia los lados, como no vio a nadie, le dijo al viejo que lo esperara, que él buscaría al que mandaba para que pudieran hablar. Dos minutos más tarde, apareció de nuevo y le dijo que el 'señor inglés' ya venía.

El Director efectivamente se hizo presente y, de inmediato Kim observó que al mirar al santón, el señor inglés puso cara de mucho respeto, como si ese viejo fuera una persona muy importante. Que lo invitó a seguir a su oficina y oyó que hablaban en un idioma que él, Kim, no conocía ni había escuchado nunca. Luego salieron y el Director acompañó al visitante para que hiciera el recorrido completo. Sobre todo importaban al anciano las pinturas y relieves sobre la vida de Buda. Continuamente se ponía un par de gafas con montura de hierro, que llevaba en la mano, para leer algunas cosas y luego se las quitaba y hablaba con el señor inglés. Kim se dió cuenta de que el viejo sabía muchas cosas y que el inglés lo respetaba por eso. Kim decidió esperar en la puerta hasta que terminara la visita.

Cuando llegaron los dos a la puerta, el señor inglés pidió al visitante que le prestara los lentes. El anciano se los dio, el inglés se los probó y en medio de todas las rayaduras y manchas pudo darse cuenta de que tenían el mismo aumento que los propios. Entonces, sacó los suyos y se los dio al anciano para que se los probara a ver si le servían. El viejo, como un niño, se admiró de lo bien que podía ver y de que no le pesaban casi nada, que no los sentía. Entonces el inglés se los regaló para que pudiera leer mejor todo lo que se le presentara a lo largo de la India en la búsqueda de su río. Los despidió a ambos y le dijo a Kim que cuidara al santo, no le dijo santón, sino santo. Que era una persona de mucha sabiduría: un Lama del Tíbet. Que le ayudara a encontrar el río que estaba buscando.

Así fue como Kim se convirtió en el 'chela' del lama. El lama le dijo que los dioses se lo habían mandado. Que su anterior 'chela' había muerto antes de salir del Tíbet, y él había tenido que hacer todo el viaje solo. Pero que ahora, el cielo mismo le había enviado su nuevo aprendiz y amigo y acompañante. Su nuevo 'chela'.

El lama sintió hambre. En todo el día no había comido. Sacó su escudilla de pedir alimento y se dispuso a mendigar, preguntando antes a Kim sobre la forma usada en India para hacerlo. Si en silencio como en el Tíbet o a gritos como en Afganistán. Kim le contestó: "Si aquí pides comida en silencio, en silencio te mueres de hambre". Sin más le pidió la escudilla y fue a un negocio de verduras que estaba al frente. Cuando entraba, salía del negocio un toro que había mordido lo que quiso de las hortalizas. La dueña ya furiosa por el daño que el toro había hecho, se alborotó más cuando vio a Kim en plan de mendigar. Se negó a darle cosa alguna.

Kim le señaló al lama y le dijo que era un santo del Tíbet que podía pedir bendiciones para ella. En esas el toro volvió a entrar y Kim con un palo pequeño y puntudo se aproximó de costado y pinchó la parte interior de una de las ancas del animal, lo que lo hizo salir en carrera. La mujer le pidió la escudilla y la llenó de arroz. Kim abrió un hueco en el arroz y le pidió un poco de ese curry que olía tan bien, mientras le prometía que iba a cuidar de que el toro no volviera por su tienda. Todo cumplido, volvió con el lama y de esa escudilla comieron ambos.

Finalizada la cena, el lama se levantó para salir de una vez hacia Benarés según el consejo del Director del Museo. De acuerdo con lo que el inglés sabía de la vida de Buda, y sabía realmente mucho más que el común de la gente, lo más probable era que el río que el lama buscaba estuviera más cerca de Benarés que de Lahore.

En el caravasar de Cachemira

Kim le dijo que no. Que de noche se podían equivocar de camino y que lo mejor era que durmieran y a la mañana se irían en tren. En cuanto a donde dormir, para ese tipo de huéspedes no faltan espacios en ningún lugar, y menos en una ciudad grande como Lahore. Así que tomando la mano de su santo, Kim se dirigió con él hacia el Caravasar de Cahemira, que es una gran plaza cerrada en donde se acumulan viajeros, mercancías, caballos y también camellos, en medio de una gritería que permanece la misma veinticuatro horas al día. Kim se conocía bien los lugares más apropiados que estaban en un piso alto y angosto contra el muro, piso dividido en sectores separados por tabiques, cada uno accesible por su propia escalera. Estos lugares eran rentados por los comerciantes ricos que debían pasar más de un día en el lugar. Uno de tales comerciantes era su amigo Mahbub Alí, quien traficaba con caballos traídos de Afganistán y llevaba para allá granos de la India. Kim se fue hacia el lugar confiando en encontrarse con Mahbub y pedirle que permitiera al lama dormir en un rincón detrás de sus bultos de granos y mercancías.

Mahbub Alí estaba fumando, medio echado y con el ceño fruncido, sobre una cama, cuando escuchó a Kim que lo llamaba. Se enderezó en seguida y pudo ver la pareja de mendigos: un viejo y el muchacho que él conocía. Los miró con un poco de desconfianza. En esos días el hombre se sentía amenazado y cualquier persona extraña en sus dominios lo alarmaba. Preguntó con brusquedad:

"Qué quieres tú y por qué vienes a esta hora y con ése?. Kim hizo seña al lama para que esperara y se acercó: "Hola Mahbub Alí, es que estoy con ese santón que quiere ir a Benarés y está completamente loco. Yo también quiero ir allá. Estoy cansado de Lahore", a lo cual Mahbub le dijo, vete al rincón y mándame a tu viejo.

El lama se acercó y Mahbub le preguntó qué quería: "Dormir en algún rincón para irme de madrugada a Benarés en el tren con mi chela que es ese chico que los dioses me enviaron".

14

Mahbub, con gesto de fastidio le dijo que se acomodara en el cuarto siguiente y desde ahí hizo un gesto a uno de sus empleados para que le permitiera al mendigo dormir en donde no estorbara., y que lo vigilara. Luego llamó a Kim.

"Ya veo que no me mentiste", dijo. "Ese santo nunca miente, es incapaz de decir una mentira, no es como nosotros", respondió Kim.

"Ah,.. a Benarés van..." musitó Mahbub Alí. Luego, con algo de interés dijo a Kim: "Ambala está en el camino a Benarés. Allá tengo un cliente que me compró caballos finos y espera el pedigree de un semental blanco que ya tengo listo. Creo que podrías llevarlo. Solo tienen que bajarse en Ambala, entregar el papel y volver al tren". Toda esta conversación fue dicha en un tono y una postura descuidados y carentes de interés. Kim, con su experiencia en esos tejes y manejes supo enseguida que la cosa era importante, pero que tenía que seguir el juego. "Bueno, pero ¿qué tal si nos deja el tren y nos piden dinero extra para valernos los tiquetes que llevamos?" respondió Kim.

Ah, deja de ser tonto. Si eso pasa, le pides al señor que espera el pedigree que te complete lo del tren. Yo aquí te doy lo de los tiquetes hasta Ambala.

Luego siguió una explicación sobre cómo era la casa del cliente y la hora apropiada para estar seguro de encontrarlo, todo en un tono de absoluta superficialidad y desgano, pero con todos los datos necesarios. Así Kim fue a arrinconarse al lado del lama y después de meter el papel de Mahbub junto con sus tesoros, en la bolsita colgada de su cuello, se durmió profundamente.

Mahbub Alí respiró con alivio. Kim le había sido enviado por el mismo Alá. Así él también dormiría tranquilo, libre de ese papel que podría perfectamente ser causa de su muerte. Se paró, fue hasta la llamada 'Puerta de las Arpías' en donde encontró a una mujer joven y se puso a conversar con ella. Ella, muy sonriente le ofreció unos tragos y la pipa. Una hora después subió sosteniéndolo del brazo porque estaba completamente borracho. Después de que él estuvo tumbado sobre la cama, ella comenzó a buscar en toda la ropa de Mahbub, palmo a palmo, hasta que no quedó ni un espacio sin palpar por el derecho y el revés. Luego entró un joven alto y bien vestido; en ese momento Kim había despertado por un pequeño ruido y asomado por las rendijas de la pared de madera, observó el cuidado de la búsqueda del hombre alto, quien se demoraba para leer todos los papeles de Mahbub e incluso descosió las suelas de sus babuchas. Kim supo entonces que buscaban el papel que él tenía al cuello.

En cuanto el hombre y la mujer se fueron, Kim se paró, llamó al lama y bajaron para salir a la estación y esperar el primer tren a Benarés. No quería que se despertaran los empleados de Mahbub antes de que ellos hubieran salido.

Cuando se hizo de día, Mahbub llamó a su hombre de confianza y le preguntó por los mendigos que habían dormido ahí. El hombre contestó que el viejo se había levantado al segundo canto del gallo y que había apresurado al muchacho para comenzar el viaje a Benarés.

"Y ¿revisaste que no se hubieran llevado nada?", preguntó Mahbub. "Sí, no tocaron nada", contestó el hombre. En respuesta Mahbub lanzó una maldición contra los pordioseros y los infieles, y se volvió a estirar en la cama.

En el tren para Ambala

Kim pidió dinero al lama y compró tiquetes de tercera clase hasta Ambala. En ese momento el tren entró silbando a la Estación. Cuando se detuvo, el gentío aglomerado frente a las puertas presionaba tremendamente. Sin más, el lama fue cargado por un campesino que decidió protegerlo. Los santones en la India estorban a ratos, pero son siempre temidos y respetados. Cuando el lama, al ser depositado en un rincón, hizo una señal de bendición sobre el campesino, éste se sintió muy agradecido y satisfecho. Minutos después llegó Kim, casi arrastrándose por entre las piernas de los que ya estaban arriba.

El primer tramo del viaje fue marcado por la aglomeración de gentes y bultos. Kim estuvo todo el tiempo sentado en el piso y pendiente de que los que estaban de pie no pisaran al lama ni pusieran fardos sobre él. Así pasaron dos horas hasta la primera parada en una ciudad pequeña. Allí se bajaron como la mitad de los campesinos que iban de pie. Subieron pocos. El viaje prosiguió en un ambiente más tranquilo. El hortelano que había ayudado a subir al lama en Lahore, viajaba con su mujer y un hijo pequeño. Se interesaron por el santón y le preguntaron a Kim sobre el destino y el objeto del viaje que hacían. Kim respondió que el lama, porque el santón era un lama del Tíbet, buscaba un río y él, 'el amigo de todo el mundo, buscaba un toro rojo en un campo verde' que le había sido profetizado. Entonces la mujer dijo que en un lugar cercano había toros rojos y los campos verdes eran también muchos, de modo que podía ser que encontrara el suyo. Luego le preguntaron al lama cuál era el río que buscaba. El lama contestó y mientras hablaba, todos en el vagón lo escuchaban atentamente. Esto fue lo que él dijo:

"Cuando el Bienaventurado estaba en algún lugar de la India, un día se encontró en un campo en el cual los arqueros del rey hacían ejercicios con sus arcos, compitiendo por hacer llegar la flecha lo más lejos posible. Entonces él, el Buda, pidió turno para intentar su tiro y cuando se lo dieron lanzó la flecha en una dirección diferente con la altura y la fuerza tales que la flecha avanzó muy lejos y donde cayó brotó agua y se formó un arroyo que llegó a convertirse en un río de aguas tan límpidas y tan benditas que todo el que lo encuentre y se bañe en él queda inmediatamente libre del karma y libre de 'la Rueda de todas las Cosas', y puede morir en paz sin tener que regresar otra y otra vez a la Rueda." Ese el río que el lama buscaba y el sahib del Museo le había dicho que ese río debía estar más cerca de Benarés que de Lahore. Por eso él viajaba a Benarés.

Los campesinos del vagón todos estuvieron acordes en que el río del lama no era otro que el sagrado Ganges, porque ése es el río cuya agua limpia de todo el mal a quien se baña en él. El lama los escuchaba pero persistía en que no era un río tan grande ni tan antiguo como el Ganges. Podría incluso ser un riachuelo. Que cuando lo encontrara, sin duda él sabría que ése era el objeto de su viaje y de su vida. Entonces él moriría después de bañarse pero su chela podría contar a todos cuál era ese río, para que pudieran ir también.

El discurso del lama despertó asombro y mucho respeto en todos los presentes. La mujer del hortelano se adelantó a ofrecer a Kim su casa para que descansaran en Ambala antes de seguir en la búsqueda. Kim le agradeció y aceptó el ofrecimiento, prometiendo como recompensa las bendiciones del lama que les traerían muchas cosas buenas. Así, Kim quedó muy tranquilo, sabiendo que podía dejar al lama en un lugar seguro mientras él hacía el mandado de Mahbub Alí.

Cuando caía la tarde, el tren llegó a Ambala. Se bajaron todos y la mujer se preocupó por sus invitados y los guió hasta su casa, un poco en las afueras de la ciudad.

Después de dejarlos a todos acomodados bajo la sombra de un sicómoro, Kim se despidió por un rato con la disculpa de revisar los horarios del tren y de conseguir alimentos para ese viaje que sería mucho más largo. El lama le preguntó que si era seguro que él, su chela, volvería a buscarlo. Kim le aseguró que en un rato estaría de regreso. Que no se preocupara y que descansara mientras tanto. Salió a la carrera, repasando la lección sobre las señas y características de la casa del cliente de Mahbub Alí.

El pedigree del semental blanco

Kim llegó fácilmente a la casa del cliente de Mahbub Alí. No sabía el nombre pero viendo la casa supo que sin duda era un inglés rico. Todas las luces estaban encendidas y se veían personas de servicio atareadas. Kim se metió por el jardín y esperó escondido frente a una terraza a ver si alguien aparecía por ese lado, porque por la puerta de entrada era imposible pasar desapercibido. Estaba completamente abierta, lista para que entrara alguien que debería llegar, sin duda.

Efectivamente, de acuerdo con sus suposiciones, un hombre muy bien vestido, asomó a la terraza. Kim, experto en llamar la atención sin dejarse ver, dijo en voz alta: "¡Protector de los pobres!.. Mahbub Alí dice..." El hombre de la baranda, sin ningún movimiento para identificar a quien había hablado contestó en un tono neutral: "¡Ah!, y ¿qué dice Mahbub Alí?" Kim supo que ése era el hombre. Contestó sin gritar:

"Que el pedigree del semental blanco está confirmado. Aquí tengo las pruebas". El inglés bajó y se dirigió al camino mientras decía como si fuera conversando con alguien a su lado: "¿Cuáles pruebas?"

Kim contestó: "¡éstas!", mientras tiraba el papel doblado y envuelto que tenía listo en la mano. El paquete cayó sobre el sendero frente al señor y él lo pisó porque un jardinero entraba en ese momento al jardín. Apenas el obrero pasó, Kim sintió el tin tin de una moneda. El inglés recogió el papel y regresó a la casa. Kim se acercó a recoger su pago.

Pero no se alejó del lugar. Su curiosidad era demasiado fuerte para abandonar tan fácilmente ese asunto. Se escondió entre las plantas para observar.

Llegaron los invitados. El dueño de la casa salió a recibirlos y ante un señor oficial alto y serio a quien saludó militarmente, se inclinó para decirle que era urgente hablar del asunto del semental. El aludido contestó: "claro es muy importante lo que se refiere a los sementales del ejército. Veamos", y los dos entraron a la oficina cuya ventana daba a la terraza. Kim observó la atención que dieron al papel, la forma extraña con la cual lo miraban contra la luz, y luego habló el recién llegado para decir que el asunto era urgente, que era necesario enviar ocho mil hombres. El hombre de la casa preguntó: "¿entonces es la guerra?", a lo cual el superior contestó: "No es la guerra. Solo un castigo".

Kim pensó que el asunto del pedigree no trataba de caballos sino de hombres y que el recién llegado debía ser un jefe militar muy importante. Entonces se asomó por la cocina y escuchó al cocinero decir a alguien que llevara esas copas a la mesa del 'comandante en jefe'. Habiendo sabido eso, Kim salió tan rápido como pudo para ir en busca de su lama. Sí que Mahbub Alí le había dado algo muy importante a él. Menos mal salieron temprano del caravasar. Hubiera sido terrible si descubren el papel que él cargaba...

Invitación con interés

Kim encontró mucha gente en la casa. Habían llegado vecinos y parientes y también un sacerdote amigo.

El lama les había hablado del origen sobrenatural de Kim pues no dudaba de que eran los dioses quienes se lo habían enviado y de la búsqueda del toro de la profecía de su chela que hacían a la vez con la del río que el lama mismo buscaba. En fin, muchas opiniones pero todas de acuerdo en que era necesario que llegaran a Benarés y se bañaran en el Ganges.

El sacerdote había insistido en invitar al lama, como persona muy especial, para que pasara la noche en el templo que él administraba y en el cual se llevaban a cabo oraciones y liturgias en todos los días festivos del pueblo. El lama había aceptado pero se negó a salir antes de que su chela regresara de las diligencias que andaba haciendo. Kim, en cuanto supo esto, los miró a todos y se disculpó un momento pues debía preguntar algo en particular a su lama: se retiraron un poco y Kim le pidió que le diera la bolsa. Que ese oficio de cuidar los fondos era del chela y no del lama, sobre todo si iba a dormir en un templo. El dinero poco les gustaba a los dioses. Así que él mismo ayudó al lama a sacar la bolsa con las monedas, sin hacer ningún ruido. Luego regresaron a la sala y se despidieron. Kim iría temprano al templo para continuar el viaje.

Al día siguiente el lama estaba muy sonriente. Le contó a su chela que en el templo había dormido como nunca. Toda la noche sin sobresaltos. Estaba muy agradecido y quería dejar una limosna para el sacerdote. Kim le dijo que había otros templos más pobres en donde les vendría bien una limosna. Que todas las bendiciones que él había pedido para el sacerdote y su familia eran mucho más valiosas que una limosna. y, sobre todo era importante que nadie supiera que él tenía algún dinero en su bolsa. Así entendido se marcharon. Todos los despidieron muy amables y sonrientes, menos el sacerdote que había gastado su mejor opio en la pipa del lama, para descubrir que no tenía ni una rupia encima.

Viajando a pie

El lama, preocupado por su río, decidió que mejor viajaran a pie, porque qué tal que el río se encontrara antes de que el tren se detuviera y si fuera así, nunca podrían hallarlo. Kim aceptó encantado. Siguiendo las indicaciones que fueron pidiendo y desviándose cada vez que les hablaban de algún río cercano, tomaron el camino sin preocupaciones.

En los primeros días tuvieron un par de malos ratos. El primero, cuando queriendo visitar un río se metieron en una huerta y el hortelano los sacó con palabras muy fuertes. Cuando el lama le explicó lo de su río, el hombre apenado y preocupado de que su comportamiento pudiera traerle malas consecuencias les explicó que ese no era un río de verdad sino un canal artificial por el cual le llegaba agua que él tenía que pagar. Pero que ese canal iba a dar a un río. Luego les indicó el camino para llegar hasta el río. Otro día uno les tiró palos porque el dueño creyó que eran ladrones que ya habían robado de su cosecha y que volvían. De nuevo se arreglaron los entendidos pero los viajeros resolvieron en adelante visitar solamente los ríos que pudieran, sin meterse en campos sembrados.

A la hora de comer, Kim hacía todo el trabajo de pedir y generalmente conseguía buen y abundante alimento. Cuando se sentaban a comer, el lama pedía bendiciones para las buenas gentes que les ayudaban y también los compadecía porque seguirían en la Rueda una y otra vez.

A esto Kim le contestaba que así estaba bien, porque si todos esos que les ayudaban salieran de la Rueda, no quedarían sino malas personas en el mundo y entonces, ellos, los que mendigaban, se morirían de hambre.

Un día, caminado por el borde de un pequeño río, Kim vio una cobra amarilla que bajaba deslizándose sobre las hojas de un matorral y así llegó a la orilla del río. Kim sentía mucho temor y quiso buscar un palo para matar a la serpiente. El lama le dijo que no, que era un ser que habría hecho cosas muy malas en alguna vuelta pasada y así reparaba eso para mejorar en la siguiente vuelta. El lama se inclinó sobre el animal y le dijo unas palabras de ánimo y luego pasó por su lado. Kim quería dar una vuelta pero el lama le insistió en que pasara sin temor porque ella no le haría ningún mal. Al fin, Kim pasó temblando y llegó hasta donde estaba el lama. Ese día Kim se dijo que realmente su lama era un ser de otro mundo. Lo pensó y lo creyó de verdad.

Pronto entraron en la gran carretera de la India. Les dijeron que desde ella podrían ver todos los ríos que era posible ver y al fin el lama indentificaría el suyo. También podría suceder que en alguno de los campos verdes que se extendían a lado y lado de esa vía, encontraran al toro rojo y a los que preparaban el recibimiento del amigo de todo el mundo, de acuerdo con la profecía. Así que comenzaron a recorrer la gran troncal de la India. El lama proseguía con su rosario, ensimismado en sus reflexiones y Kim saltaba de emoción a cada nuevo hecho divertido de personas o animales: los alcanzaban gimnastas, bailarines, monos amaestrados, perros especiales, carromatos de muchos colores, papagayos y también burros asustados y caballos desbocados.

Sucedió que en un puente, de pronto se les atravesó un policía y les mostró un papel escrito, diciéndoles que era un impuesto nuevo que tenían que pagar todos los que pasaban por el puente. Kim se le enfrentó y, aunque no sabía leer dijo al policía: "muéstreme en donde dice que hay que pagar. Porque ya supe de uno de ustedes que pegó un papel de los que traen las botellas de agua endulzada y cobró porque era algo 'del Gobierno''. El policía dio media vuelta y se fue a cobrar en otra parte.

Después del mediodía, cuando el sol y el calor estaban en su punto más bravo, todos los caminantes y carromatos que iban por de la gran vía comenzaron a orillarse hacia un espacio amplio y sombreado que ya tenía un buen número de ocupantes. Era un 'parao', de los muchos que los constructores de la Troncal habían previsto para que los viajeros pudieran reposar. Kim y el lama se encaminaron hacia el bosque.

Una amiga muy especial

Después de dejar a su lama acomodado a la sombra de un mango, Kim tomó las escudillas para mendigar. En esas un par de lacayos con palos orientaban a dos bueyes que arrastraban un carro grande como de un personaje importante. Las cortinas estaban corridas. Kim observó que una mano arrugada que lucía varios anillos, levantaba un poco la tela de la cortina y alcanzó a ver una mujer vieja cuya cara estaba cubierta solo a medias con un velo. Entonces, se acercó y desde abajo, con la voz apropiada para las circunstancias dijo: "¡Bienvenida madre del rey de este parao! El hombre santo que viene conmigo tiene muchas bendiciones para ti". Una voz destemplada contestó:

"Rapaz mentiroso. Lo que quieres es mi comida. Estoy harta de mendigos. ¡Vete!" Kim no se desanimó sino dio la vuelta mientras decía en voz alta: "Le diré a mi santón que no quieres bendiciones" y acto seguido caminó derecho hacia el lama. Al llegar se sentó a su lado. "Mejor esperemos un poco", le dijo y añadió a modo de explicación: "hasta que la gente abra sus paquetes de comida". Pero Kim esperaba al criado de la señora, porque la escuchó cuando llamaba.

Efectivamente, el criado llegó a decirle que pasara con las escudillas, cosa que Kim hizo sin pérdida de tiempo. Cinco minutos después el lama y su chela comían tranquilos. Al final, el criado volvió para preguntar al santón si podría acercarse al coche de su ama porque ella deseaba pedir su consejo. El lama contestó que iría enseguida. Kim le dijo en voz baja que ella lo estaba mirando, que le hiciera una señal de bendición desde ahí. El lama obedeció mientras contestaba a Kim: Es bondadosa la señora que nos da de comer y debemos bendecirla. Dejó pasar unos minutos y luego le pidió a Kim que le ayudara a pararse. Fueron caminando lentamente hacia el carro de la benefactora. Al llegar, Kim se inclinó respetuosamente, seguro de que ella lo estaba mirando, y luego se retiró.

Mientra el lama hablaba con la señora, Kim hizo amistad con los criados. Supo que ella era de Kulú que vivía en Saharanpur y que se dirigían hacia allá después de un viaje para visitar a su hija. Hacía dos meses que habían salido y esperaban finalizarlo en unos tres o cuatro días. Kim les contó de su santón y del río que buscaba y también de su propia búsqueda de un toro rojo en un campo verde, según la profecía que le habían hecho a su padre y él se la había transmitido antes de morir. Que cuando él encontrara su toro, aparecería un general que lo haría a él, Kim, un gran hombre. Por eso andaban juntos el lama y él, porque así se ayudaban a encontrar sus respectivas profecías.

El lama habló con la señora más de una hora, hasta el momento en el cual el conductor de los bueyes llamó para continuar el viaje. Así avanzaron esa tarde el trayecto que los bueyes recorrieron en algo más de dos horas. Entonces, pararon ya no en un parao sino cerca de unas viviendas, en donde los animales podrían pastar, y los hombres acomodarse bien, bajo techo, para pasar la noche.

Durante ese tiempo, Kim supo que la señora quería un ensalmo para que su hija pudiera tener otro hijo varón. El lama no le prometió nada y estaba cansado de la inacabable cháchara de la mujer. Terminó diciendo a Kim: "El marido de una mujer charlatana tiene un premio especial en el otro mundo." Luego se arrepintió y volvió a decir que la señora era muy generosa y que merecía bendiciones y que se cumplieran sus deseos.

El Toro Rojo

Cuando se detuvo el carro y comenzaron los preparativos de la noche, Kim y el lama se pusieron a caminar por el sector. Era una parte un poco elevada de la carretera sobre los campos. El lama quiso quedarse con su rosario y Kim se adelantó un poco, mirando con atención el paisaje y las pocas viviendas, y los campos grandes que se extendían del lado más bajo. Al avanzar un tramo, la carretera estaba de nuevo al nivel de los campos. Kim observaba haciendo sombra con sus manos, para dirigir sus ojos en dirección al sol poniente. Pudo ver unos hombres que llegaban desde más lejos, con el sol a sus espaldas. Eran cuatro. Dos se volvieron y los otros dos siguieron caminando en dirección hacia la carretera. Luego vio que aparecieron hombres en fila que se aproximaban por las señas que hacían los primeros. Llegaron muy cerca y Kim pudo distinguirlos bien. Eran soldados blancos. Entonces pensó en su profecía y fue corriendo para buscar al lama.

"¡Hay soldados blancos, soldados blancos!, le dijo emocionado... "Puede ser mi profecía. Vamos, mi santo,

28

vamos a ver!" El lama enseguida se paró y anduvo a buen paso detrás de Kim. Sin atravesar la carretera pudieron ver, con los últimos rayos del sol, el campamento que los soldados estaban terminando de levantar. Y en el centro, ondeaba la bandera. Con el viento la bandera se estiró un poco y Kim no pudo menos que gritar: "¡Mi Toro, Mi Toro!" El lama le hizo seña de callar y Kim prefirió que regresaran a donde estaba el carro de la señora. Cuando ya no hubiera sol volverían para mirar mejor. Así fue. Sin decir nada de soldados ni banderas, ni toros, recibieron la comida que la dueña les envió y comieron. Al final el lama agradeció mucho a su benefactora y le dijo que confiara en que sus deseos se cumplirían. Además, como habían sabido por los criados que muy pronto encontrarían la desviación hacia Saharanpur, se despidieron, con más bendiciones y deseos de nuevos encuentros. Luego el lama y Kim salieron. El lama le dijo: "Tu Toro es el emblema de ese batallón. No me queda duda. ¡Vamos a ver!".

Cuando llegaron, el campamento estaba completamente organizado. Había hogueras cerca de todas las tiendas y los hombres caminaban y hablaban despreocupadamente por el sector.

Kim y su lama atravesaron la carretera y se aproximaron al borde. El lama aceptó esperar sentado al pie de un tronco, de modo que no fuera visible para los soldados y Kim se metió reptando hasta llegar frente a la entrada de una tienda grande que era el comedor. Mesas y sillas en orden paralelo a los bordes y en el centro una mesa con una estatuilla de un toro metálico que daba visos rojos, sobre un paño verde. Kim interpretó que su Toro era el dios de esos soldados y por eso lo tenían así en un lugar tan especial. En esas se descuidó y levantó la cabeza sin mirar que un hombre venía caminando hacia atrás y lo golpeó con una de sus botas. Kim lo agarró por la pierna y lo hizo caer con tan mala suerte que él quedó atrapado debajo . Enseguida Kim trató de zafarse, pero el otro lo agarró fuertemente del cuello y cuando él dió un jalonazo, su amuleto se desprendió y quedó en la mano del soldado, quien continuaba atenazándolo con la otra mano y así, a rastras lo sacó del comedor sin que se hubieran percatado los demás. Rápidamente entraron en otra tienda.

Kim se paró y le pidió su tesoro. "Eso es mío", dijo, "devuélvamelo y me voy inmediatamente".

El hombre que no era un soldado sino un sacerdote del batallón ni se inmutó: Sacó los papeles y adelantó burlas sobre los amuletos que la gente ignorante... entonces, miró a Kim y se dió cuenta de que era un niño, y luego los papeles eran oficiales, con los sellos del ejército inglés, del batallón Maverick, que era ése en donde estaban. En esas asomó otro sacerdote mayor, que llevaba mucho más tiempo en India y el cura joven lo llamó para que entre los dos sacaran en claro el asunto.

"Padre Victor, ¿qué puede usted decir de esto?", preguntó el cura joven.

El padre Víctor comenzó a leer los papeles del alistamiento y liberación del sargento Kimball O'Hara y enseguida lo recordó muy bien y recordó que él mismo los había casado...

luego cuando llegó a la partida de bautismo de Kim, sacó la conclusión lógica. Preguntó al chico por su nombre.

"Kim O'Hara, pero todos me dicen Kim.", contestó el niño

Y "¿tus padres?". preguntó de nuevo el curita.

"Mmm... Ellos están muertos". Pero esos papeles me los dejó mi papá y me dijo que con ellos yo llegaría a ser un gran hombre. Que cuando encontrara un Toro Rojo en un campo verde, sabría que había llegado mi profecía.

Los sacerdotes se miraron en silencio un par de minutos.

"Y ahora ¿con quién estás?", preguntó el cura joven.

"Estoy con un santo, un lama del Tíbet que está buscando un Río y como yo estaba buscando mi Toro los dos nos acompañamos y nos ayudamos, déjenme ir con él. Está esperándome allí no más" y Kim señaló hacia los árboles.

El sacerdote joven no creía nada y solo quería que el chico fuera llevado a una escuela del gobierno. El viejo quiso hablar con el lama y el cura joven dijo que no soltaría al pillo así que fueron los tres hasta donde estaba el lama. Kim lo llamó y le dijo que no tuviera temor que unos sacerdotes querían hablar con él pero que solamente hablaban inglés, así que él tenía que venir con ellos.

El lama se paró y se acercó al grupo. El sacerdote joven lo miró como a un pordiosero cualquiera, pero el padre Víctor se adelantó respetuosamente a darle el brazo y a conducirlo hacia la tienda en donde estaban hablando.

A través de Kim le hicieron saber que Kim era un 'sahib' y que debía ser educado como tal. El anciano estuvo de acuerdo en que la educación es el más grande don que puede hacerse a un joven.

Luego él preguntó que en dónde estaba la escuela. Ellos le respondieron que había una relativamente cerca y otras más lejos.

Él quiso saber si se debía pagar algo por la educación del niño.

Ellos le contestaron que había escuelas en donde los padres de los jóvenes pagaban y otras en las cuales el Gobierno inglés corría con todos los gastos.

El lama preguntó cuál era la mejor de todas las escuelas y cuánto costaba. El cura joven sonrió despectivamente, pero el padre Víctor le dijo que la mejor era la escuela de San Javier que estaba en Lucknow. Que costaba como trescientas rupias al año. Y que Lucknow estaba cerca de Benarés.

El lama le pidió que pusiera por escrito el nombre de la escuela, el nombre de él y su dirección, (del padre Víctor), y la suma anual que había que pagar. Que en dos o tres días le escribiría una carta.

Kim le dijo que por favor, se fuera con la señora de Kulú, que él se escaparía y llegaría allá. El lama, luego de recibir el papel del padre Víctor, prometió a Kim seguir con esa señora hasta su casa y sin más se paró, dio la espalda y comenzó a andar. El cura joven quiso que esperara mientras avisaba a los guardas para que no lo detuvieran. Cuando fue a hacerlo, el lama había desaparecido silenciosa y totalmente.

Kim, tranquilo al saber que su lama iría con la señora parlanchina, aceptó inmediatamente lo que quisieron mandarle. Se puso una ropa que le picaba y le incomodaba, pero que ordenaron ponérsela. Luego quisieron saber cómo era eso de que él había llegado hasta allá solo, por una profecía y él les dijo que él sabía también que ellos todos iban para la guerra, una guerra nueva en el norte. Todos se burlaron de que él pensara que una fila de soldados era siempre para ir a la guerra. Él les dijo con toda seriedad: "yo sé que ustedes van para una guerra. Una guerra de ocho mil hombres". Después se lo encargaron a un soldado joven. Él lo amarró a las cuerdas de la tienda para que no pudiera escapar. Kim se acostó tranquilamente a dormir.

A la madrugada, cuando sonó la diana que los llamaba, Kim se paró y se estiró cuanto pudo. Una vez que estuvo listo se quedó con la tienda desbaratada pero amarrada a su pierna, en espera de que le dieran las órdenes del día. Tenía el firme propósito de esperar tres días sin poner problema ninguno, antes de pensar en cómo escapar.

Cuando llegaron a la carretera para dirigirse a Ambala, de repente el batallón se detuvo en seco. Un emisario llegó para hablar con el comandante. Diez minutos después, todo era alboroto. Entonces los de la noche anterior se acercaron a Kim para decirle: "Hola, tu estabas en lo cierto. Vamos para la guerra. Pero ¿cómo lo supiste?"

Él solamente sonrió muy orgulloso.

La educación de Kim

Kim fue enviado, junto con otros chicos a Ambala, bajo las órdenes de un sargento que sería el maestro mientras se determinaba la escuela en donde sería internado definitivamente para su educación. El sargento asumió su encargo con cara de un riguroso superior y enfrentó a Kim como una especie de enemigo de muy baja categoría. Los compañeros comprendieron muy bien esa actitud y la apoyaron absolutamente, de modo que todos, por una u otra razón se sintieron con derecho de golpearlo y humillarlo. Por suerte, esta situación solamente duró cuatro días, pues al quinto llegó por allá el padre Víctor y llamó a Kim para hablar con él. Traía una carta del lama, que aunque escrita en inglés era muy confusa y él no lograba comprender algunas cosas.

Comenzaba por decir que en el término de diez días el sacerdote Víctor recibiría trescientas rupias de un banco del Tíbet, para el pago del primer año de estudio del joven Kimball O'Hara, en la escuela Javier de Lucknow y que este pago se continuaría abonando por un total de tres años de estudio.

El padre preguntó a Kim, si él podía decir algo al respecto. Kim solamente le dijo: "Si el lama dice que eso va a hacer, seguro que lo hará, porque él es incapaz de decir ni una sola mentira".

Kim supo además que su lama se hospedaba en el 'Templo de los Tirthankers' en Benarés y que allá podría escribirle.

El padre Víctor decidió consultar con el Coronel Creighton que era el único oficial de alto rango disponible, pues todos los demás, y también el otro sacerdote, estaban en el norte, acantonados para esa guerra. Entre los dos decidieron que Kim continuaría en donde estaba hasta que el Banco avisara. Así llegó el domingo y el maestro los dejó bajo las órdenes del más antiguo de los alumnos. Kim le preguntó qué cosas podían hacer en ese día. El muchacho le contestó que lo que quisieran, pero no podían irse a caminar por la ciudad. Que solamente podían llegar hasta la primera esquina de la calle, hasta donde se podía mirar desde la puerta. Y luego le dijo que si intentaba escaparse, cualquiera lo atraparía y lo traería porque con ese uniforme todos sabían que era un alumno de la escuela del ejército, porque ese uniforme era militar, correspondiente al nivel más bajo, los 'tambores'. También la gente buscaba siempre ganarse una recompensa por devolver a alguno que se hubiera escapado. Entonces Kim fue hasta la esquina. Allá preguntó a un barrendero si habría algún escriba que pudiera venir a escribir una carta. Rápidamente el barrendero mandó un aviso y a los cinco minutos llegó uno. Kim le dijo que la carta era muy importante. Que en ella iba a pedir dinero para pagarle y también para pagar el sello. Pero que se la escribiera, que no lo iba a perder. El escriba, curioso más que otra cosa, se sentó a escribir.

La carta era para Mahbub Alí. Tratante de caballos. Lahore. El escribiente estaba muy sorprendido. "¿Para el gran Mahbub Alí?", preguntó a Kim. "sí, para él mismo" y le dictó:

Mahbub Alí. Soy Kim O'Hara y estoy desesperado en el internado de Ambala. No me puedo ni mover con esta ropa. Tampoco tengo dinero para pagar al escribiente y para pagar el sello de la carta. Ayúdeme por favor. Solamente el domingo puedo salir hasta la esquina de... (el escribiente puso el nombre de la calle). Si no puede venir, mándeme una rupia para pagar al escriba. Espero. Kim.

El escriba sacó el sello y lo pegó y se llevó la carta para el correo. Le dijo que esperaría hasta el segundo domingo y a esa misma hora vendría por el dinero y si no le pagaba, lo acusaría con el sargento.

Esa semana los chicos se portaron mejor porque el hecho de que el padre Víctor estuviera pendiente de Kim, podría ponerlos en apuros si él contaba que le pegaban.

El domingo siguiente Kim estuvo desde temprano parado en la puerta de la escuela. En esas vio pasar un jinete por la esquina de arriba, despacio... entonces salió a la carrera, el jinete se acercó, lo tomó por la cintura y lo trepó al caballo y arrancaron a galope tendido.

Cuando estuvieron lejos, fuera de la ciudad, Mahbub frenó y se bajó. Kim se dejó resbalar hasta el piso luego se paró y abrazó a su amigo.

"Bueno, no tengo ni idea de lo que puede pasarme. De pronto me llevan preso por esto", dijo Mahbub. Se sacudió y "... mmm ... , vayamos con Creighton y conversamos con él a ver qué se puede hacer. Espero que no resulte peor".

"Peor no puede ser" dijo Kim y agregó: "en esa escuela el maestro me odia y todos me pegan, y yo tengo que dejarme porque le prometí al lama que esperaría diez días sin hacer nada, nada malo".

El coronel Creighton informó a Mahbub de la carta del lama añadiendo que, efectivamente, el dinero había llegado y Kim estaba ya en la lista de los nuevos escolares de San Javier. Que las clases en Lucknow comenzarían dos lunes después y que lo que él haría de una vez era informar al sargento-maestro que el 'tambor O'Hara' había sido trasladado a otra escuela. Eso sí, advirtió a Kim que no podía andar por ahí haciendo alboroto. Tenía que quedarse en un solo lugar. Que él mismo, Creighton, lo llevaría hasta Lucknow el domingo subsiguiente. Mientras tanto, Mahbub le conseguiría ropa y lo hospedaría en la misma casa en donde él se hospedaba cuando estaba en Ambala. Así se hizo. El coronel informó al colegio San Javier que el joven O'Hara estaría bajo su supervisión hasta el día del ingreso para efecto de cualquier comunicación que desearan hacer. Kim buscó al escribiente, le pagó y quedaron de amigos. Mahbub regresó a su negocio en Lahore y Kim se dedicó a conocer los alrededores de la pensión y a oír historias de la gente de Ambala. Lo más curioso que supo fue el mote de 'Coronel tonto', que daban a Creighton, porque no tenía ningún regimiento a su cargo. Kim que había visto que el Comandante en Jefe de todo el ejército de lnglaterra en India era amigo de Creighton, no creyó absolutamente que fuera tonto.

Mahbub Alí estuvo con Kim un par de días en los cuales hablaron y pasearon a caballo por fuera de la ciudad. Lo llevó a comprar alguna ropa para que los días de salida en Lucknow no tuviera que ir a todos lados con el uniforme del colegio. Además le dio algo de dinero para esos días hasta el viaje.

Así llegó el sábado víspera del viaje.

El viaje a Lucknow

Le llegó de parte de Mahbub Alí un baúl nuevo marcado con sus iniciales K. O'H para que alistara lo que llevaría a 'Javier' que era el nombre por el cual todos llamaban al colegio. En el interior del baúl Kim encontró un paquete con dos rupias en monedas 'para sus gastos en San Javier'. El Padre Víctor le avisó que él lo llevaría a la Estación del tren, en donde se encontrarían con el Coronel.

El domingo, a las ocho de la mañana el padre Víctor compró el tiquete para Kim en un coche de segunda, próximo al coche de primera en donde viajaba el Coronel.

En el trayecto, el Coronel mandó llamar a Kim y conversó con él. Le hizo ver la importancia del estudio, lo animó a esforzarse lo más que pudiera, sobre todo para que rápidamente fuera capaz leer y escribir. Le habló de la importancia de observar y tratar de entender a los compañeros y la importancia muy grande de saber guardar silencio respecto de las personas que conocía y que no se relacionaban con la escuela. Mejor no mencionara nada de su infancia ni de la tía que lo había cuidado, ni de los trabajitos que había hecho como niño indígena a Mahbub

Alí y a otros comerciantes. Que sus compañeros solamente supieran que su padre había sido militar del Ejército Inglés, nacido en Irlanda, que se había casado en India con una señorita irlandesa quien fue su madre, que ambos habían muerto cuando él era un niño y que por eso el Coronel Creighton se había hecho cargo de su educación.

Kim, en ese día de su ingreso como alumno del mejor colegio inglés en la India, tenía trece años recientemente cumplidos y, consecuente con su edad, no pensó mucho en cómo era que eso había podido sucederle a él, habiendo crecido como un niño indio de la clase más baja. Todo lo atribuyó a la profecía que le hizo su padre. Solamente después tendría madurez y motivos para buscar explicaciones y, de acuerdo con su naturaleza de 'Amigo de todo el mundo', trataría de corresponder y de agradecer.

En Lucknow el Coronel buscó un coche e informó al cochero a dónde debía llevar al joven. En ese momento se despidieron porque Kim debía enfrentar solo su nueva vida. El Coronel le entregó un pase para el tren, que podría utilizar cada vez que tuviera que viajar. Debía cuidarlo con especial atención. El cochero miraba de reojo a su pasajero. Cuando hubieron cruzado varias esquinas, Kim se pasó al lado del cochero y comenzó a conversar con él en indi y le pidió que le mostrara un poco de la ciudad antes de dejarlo en el colegio. Que él le pagaría lo que sobrepasara de lo que ya el Coronel le había pagado. Así, llegaron no en veinte minutos sino en hora y media a la puerta del colegio. En ese momento Kim reparó en un cuerpo viejo que se apoyaba contra el muro e hizo parar al cochero. Se bajó de un salto y corriendo se acercó para abrazar a su lama que esperaba su llegada desde el día anterior. Fueron diez minutos felices para ambos. Kim quería irse a pasear ese día con su lama pero él se negó. Le prometió que vendría de vez en cuando. Que Benarés no estaba lejos. Pero que él, Kim, tenía que comenzar a estudiar y aprender todo lo que pudiera. El niño le prometió solemnemente que cumpliría lo mejor que le fuera posible y que se asomaría por esa reja todos los días al mediodía, por si acaso él estuviera por ahí.

Sí, pero no antes de dos semanas. Le dijo el lama. Porque no voy a venir tan pronto. Tienes que integrarte a tu nueva vida y a tus maestros y a tus compañeros... Diciendo esto se levantó y se fue. El cochero tremendamente intrigado entró hasta el edificio principal y ayudó al joven a bajar su equipaje. Kim lo despidió con las palabras sencillas de su infancia, le dio tres monedas por el recorrido y la demora extra. El cochero sonrió y le dijo que se llamaba Ahmet, que podía mandar a buscarlo cuando quisiera. Kim le dijo su nombre y entró con su baúl.

En San Javier

Rápidamente Kim supo que sus compañeros no hablaban sino inglés, que llamaban 'negros' a los indígenas y que los menospreciaban. Como los 'tambores' de Ambala, los estudiantes de 'Javier' creían rebajarse si hablaban una lengua del país. Además la mayor parte de ellos no sabían hacerlo.

Sin demorarse demasiado en el asunto de defender exteriormente sus sentimientos profundos relacionados con su pueblo de la India, sino decidido a protegerlos por el método de abstenerse completamente de hablar al respecto, se propuso encontrar lo bueno de ese colegio que por suerte no estaba dirigido por sargentos ni los filaban como si fueran soldados. Era un colegio para civiles. El trato era respetuoso y amable. La educación incluía aprender cosas con la inteligencia y aprender a comportarse como personas 'civilizadas', lo cual significaba aprender a ser y vivir como un sahib. Eso haría.

Y así comenzó la construcción de pensamientos propios, y la lectura de pensamientos escritos por otros. Leer era jugar el juego de relacionar los sonidos con las letras y con el reconocimiento de las palabras escritas. Simultáneamente también empezó a mejorar su pronunciación inglesa. Lo último y también lo más complicado y más lento, fue la escritura de las mismas palabras y frases que ya podía leer.

Las clases relacionadas con los números fueron para Kim fuentes de mucha emoción. Era un juego estupendo ése de los números: de todas las posibilidades de moverse con ellos, de su aplicación a las cuentas de compras y ventas y sobre todo a las medidas de largos y anchos y a la forma de figuras semejantes a pedazos de terreno... La geometría, también la geografía, se constituyeron en sus preferidas porque a la vez que usaban números, también permitían dibujar caminos y figuras, e incluso mapas a semejanza de cosas de la realidad. Su gusto por el estudio le granjeó amigos inteligentes y también algunos, no tan buenos amigos, que buscaban puntos débiles en sus maneras, en su forma de comer, de sentarse, incluso el ser capaz de ponerse en cuclillas como solamente un niño indígena puede hacerlo, eran motivos de burla y de señalamientos despectivos. En esos casos, Kim recordaba frases del lama sobre la tontería de las apariencias y la mejor forma de evitar que lleguen a convertirse en problemas: buscar otras cosas para decir o hacer o pensar.

El lama apareció dos o tres veces durante los primeros meses y solo por un rato corto. Se veía tranquilo. Estaba 'haciendo méritos' ayudando a su chela a educarse. Podía esperar perfectamente los tres años estipulados para volver a la búsqueda de su río. De eso no le quedaba ninguna duda. Esa búsqueda tendría un final feliz y él lo lograría en compañía de su más querido alumno, amigo, compañero de viajes y aventuras, después de que terminara su tiempo de preparación para la vida. Además en el 'Templo de los Tirthankers' lo trataban muy bien y él podía ganar algo de dinero con sus dibujos de horóscopos y de la Rueda de las Cosas y con las explicaciones que daba cuando se lo pedían los visitantes. Siempre le dejaban limosnas que le servían para comprar los tiquetes del tren y viajar a visitar a su chela.

El colegio enviaba mensualmente informes al Coronel Creighton, quien aparecía como responsable de Kim. Todos esos informes habían sido positivos, salvo uno en el mes de mayor calor en el cual *el alumno O'Hara se había ausentado una tarde, por tres horas, en compañía de un mendigo.*

Con ese informe Creighton esperó una visita de Mahbub Alí para oír alguna explicación razonable. Mahbub lo tranquilizó: "Es sin ninguna duda el lama, ése a quien Kim quiere tanto y de quien está seguro que es un santo", y añadió a modo de explicación: "él es quien paga los estudios de Kim"..., enseguida, pensativo aclaró: "Seguro fueron a buscar la sombra de algún árbol para sentarse a conversar.

Creighton movió la cabeza con incredulidad... "un mendigo paga el colegio de San Javier a un niño que bien podía pasar por indígena de la peor casta, y que además es muy buen estudiante y además, salta la cerca para irse a pasear con él..." Finalizó su reflexión así: "Es todo un misterio... Menos mal que el cura Bennett se fue al norte con el regimiento. ¡Qué haría Kim en el internado para soldados, de acuerdo con lo que él le dejó sentenciado!"

Vacaciones escolares

Al finalizar el año escolar, todos los alumnos de San Javier volvían con sus familias. El padre Víctor había enviado un mensaje para que Kim fuera a Ambala a pasar las vacaciones con él. Kim arregló su baúl y lo dejó cerrado sobre su cama. Con la ropa más usada que tenía, que además le quedaba un poco corta por el crecimiento, y sus monedas en el bolsillo, salió a pie por entre la fila de coches que esperaban a sus compañeros y rápidamente llegó a una dirección que ya conocía y preguntó por una joven en particular. Ella lo hizo pasar y sin más él se sentó para que ella comenzara el trabajo de devolverlo a su apariencia de hacía un año. Oscurecer la piel, cortar el pelo casi a ras, fabricarle un pantalón de tiras de tela ordinaria y ya lavada, en fin convertirlo en un joven indio de un barrio pobre. La chica le preguntó si tenía con qué pagarle, porque si no, solamente le pondría tintes de los de corta duración. Él le ofreció cuatro monedas y le dijo que hiciera lo que más pudiera con ellas.

Una hora después salió de ahí un muchacho común sin ninguna señal particular. Se dirigió al tren con el pase que le había dado el Coronel y se ubicó en un vagón de tercera hasta Lahore. En la estación escribió una nota para su lama diciéndole que esperaba que le permitieran ir a visitarlo en esas vacaciones, que mientras tanto iba a Lahore para saludar a sus amigos, especialmente al Sahib del Museo. Que le volvería a escribir apenas tuviera el permiso, porque si no lo hacía así, lo encerrarían por todo el tiempo de sus días de libertad.

Una cadena de problemas

En Lahore se dirigió sin ninguna demora al Caravasar de Cachemira. Los empleados abajo, atareados con los sacos de cereales, y otras mercancías, le dijeron que Mahbub no estaba en su cuarto pero que volvería pronto. Kim, con el rabillo del ojo vio subir a un par de hombres, reconoció a uno de ellos como el que había rebuscado los papeles y las babuchas la noche que Mahbub le había dado el pedigree para Ambala. Entonces siguió desde abajo el ruido de sus pisadas y cuando se alejaron de la escalera, él subió sin ruido y se metió detrás de un montón de sacos vacíos. Escuchó que uno le decía al otro. Ten la pistola lista. Cuando yo dé la señal abajo, te cuadras frente a la puerta para dispararle a la cabeza en cuanto asome. Kim, se devolvió rápidamene y se dejó descolgar en lugar de bajar por la escalera. Corrió por detrás y salió al patio para buscar a Mahbub. Al fin lo encontró, terminando de fumar en una taberna. Kim desde la ventana más cercana, en voz baja le dijo: "Eh, Mahbub Alí, ¿ya tienes listos los papeles de la yegua baya?, me mandaron a pedírtelos."

"Demonio de muchacho, ¿qué haces aquí?". Kim entró, lo tomó del brazo y lo llevó en sentido contrario a su escalera. Al oído le dijo: "Dos esperan para matarte apenas entres". Mahbub dijo: "¿uno es faquir?". Kim contestó: "el otro le dijo algo como: 'Si no puedes estarte quieto quince minutos, ¿Qué clase de faquir eres tú?', pero yo no los vi claramente. Claro que al que no quería esperar yo lo había oído y visto el día que me diste el encargo del pedigree aquel... es alto, flaco con un bigote desordenado medio rojizo... "

"¡Ah!", dijo Mahbub, "¡vámonos de aquí!". Una vez afuera siguió preguntando:

"Y tu, ¿a qué viniste?". Kim le contestó de inmediato: "pues a pedirte que intercedas para que mis vacaciones sean mías. Yo me comprometo a volver a Javier en la fecha precisa, pero quiero disfrutar mis días de vacación". Ah, además te pido que mandes a alguien para recoger mi baúl. Lo dejé listo sobre la cama.

Bueno, eso es cosa de Creighton. Lo mejor es que le escribas. Porque supongo que ya sabes escribir. Dile que estás aquí y que te mande la respuesta a mi dirección. Será mañana por la tarde que tendremos la respuesta. Mientras tanto, hablemos un poco del futuro.

Fueron a una taberna muy bien presentada en el centro de la ciudad. Kim observó que los empleados conocían a Mahbub y lo respetaban. Él les pidió papel y lápiz para una carta y cuando los trajeron puso a Kim en una mesa aparte para que escribiera al Coronel.

Kim escribió pidiendo respetuosamente al Coronel que le permitiera pasar sus vacaciones con la gente que él conocía en Lahore y que se comprometía a estar a tiempo para comenzar el siguiente año de estudios en San Javier. Mahbub la entregó a un joven pidiéndole que la llevara al correo.

Luego se sentó al lado de Kim y le pidió que le contara todo lo sucedido la noche y el día siguiente del encargo del pedigree aquél.

Kim le explicó cómo despertó por el cuchicheo de una mujer y el hombre alto que hablaba igual que como había escuchado hacía poco hablar al tal faquir. Cómo, esa noche, Mahbub estaba tirado y parecía demasiado borracho sobre la cama y ellos escarbaron todo, él hombre leyó todos los papeles que había en la mesa. La chica había requisado toda la ropa que Mahbub llevaba puesta, y el hombre desprendió un poco las suelas de las babuchas de Mahbub para buscar ahí..., que por eso, esa noche, apenas se fueron, él se asustó de quedarse dormido, llamó al lama y salieron sin despertar a nadie, a buscar el tren para Ambala, no fuera que por la mañana pudieran descubrir que él era amigo de Mahbub y se imaginaran que llevaba ese papel.

Mahbub preguntó si alguno de los empleados se había parado o había levantado la cabeza como para verlos salir. Kim no vio a nadie que diera señal de estar despierto, le aseguró.

Luego Mahbub le habló de que había problemas en el norte, allá en donde se encontraban las tropas acantonadas. Que eran problemas políticos en los que estaban enredados rusos, afganos, ingleses y también Indios. Que siempre había peligro de ser tomado por un espía enemigo y podrían con gran facilidad matarlo por sospechas. Que era necesario tener mucha prudencia y también conocimiento para no cometer errores que tuvieran consecuencias muy malas. Kim prefirió en ese momento no contarle lo que había visto y oído en la casa del Coronel. Pensó que lo mejor era dejarlo en el olvido y se arrepintió de haber profetizado lo de la Guerra la noche que conoció el batallón de su padre. No hablaría nunca más del asunto del 'pedigree del semental blanco' ni otros por el estilo que pudieran presentarse, que sin duda podrían complicar más los problemas actuales de Mahbub.

Al día siguiente llegó la respuesta de Creighton diciendo que sí a lo de la libertad, pero que deseaba ver a Kim antes del regreso al colegio. Que él hablaría con Mahbub Alí para fijar la fecha.

Kim volvería enseguida a su barrio y allí recobraría su vida por un mes larguito y caminaría por todo Lahore como tanto le gustaba. También se comprometió a buscar a Mahbub en el caravasar cada ocho días. En estos buenos términos, Kim se despidió y salió corriendo en busca de sus compinches.

Negociaciones ecuestres

Cuando había corrido un mes de las vacaciones de Kim, el Coronel Creighton escribió a Mahbub Alí que quería hablar con él en esos días para decidir respecto al 'negocio del potro árabe'.

Al día siguiente, el tratante de caballos estuvo temprano en Ambala en la casa del Coronel. Llevaba una yegua y un caballo que entregó al mozo mientras esperaba la respuesta del señor militar. Unos minutos después, el propio coronel llegó personalmente y saludó a Mahbub, pasando en seguida al tema de sus negocios.

El mozo asistió a su jefe para que montara en el caballo, mientras Mahbub montaba su yegua. Se retiraron lentamente. Cuando hubo una distancia suficiente, la conversación volvió al punto del muchacho. El Coronel quería saber exactamente cuál era el nivel de confianza que Kim merecía por parte de Mahbub. El interrogado contestó con toda seguridad que Kim era absolutamente de confiar. Ambos estuvieron de acuerdo en que era un chico muy inteligente que había progresado mucho en el año que llevaba de colegio en lo referente a comportarse con mayor seriedad y prudencia; entonces el Coronel preguntó a Mahbub qué opinaba de iniciarlo en otros campos, en los cuales Inglaterra necesitaba gente preparada.

Después de un rato de pensar en las posibilidades de comenzar a entrenarlo como alguien de mucho futuro en el 'juego' del norte, decidieron que los últimos diez días de esas vacaciones Kim fuera a Simla para un primer curso en casa del Sahib Lurgan, el maestro en las artes de observación, de sugestión y anti-sugestión, de camuflaje, de envío e interpretación de mensajes pseudo - codificados.., etc, en las cuales Lurgan era el gran experto.

Kim debería viajar solo a Simla y arreglárselas para encontrar al señor Lurgan. Esa responsabilidad inicial era importante. El coronel mismo quería informar a Kim y despedirlo para Simla.

Mahbub Alí informó a Kim que el Coronel Creighton quería verlo exactamente doce días antes de la fecha del reingreso a San Javier y lo animó a cumplir ese deseo.

Conversación paternal

Mahbub tuvo que viajar inesperadamente dos días antes de la salida de Kim para Ambala, así que se despidió de él mientras le encarecía que fuera puntual a la cita con el Coronel Creighton.

El Coronel estuvo muy amable, realmente afectuoso con Kim. Lo veía como un niño, y pensaba: "catorce años... realmente es un niño", Kim por su parte sentía en su corazón que Mahbub y el Coronel eran sus amigos más queridos, después de su lama, por supuesto.

En una conversación tranquila y muy general, el Coronel le habló de Inglaterra, de la historia de los ingleses en la India, de lo bueno y lo malo que se podía encontrar entre las consecuencias de la colonización. También habló de los problemas del norte, de la presencia de fuerzas rusas que buscaban desestabilizar el gobierno inglés para que Rusia se beneficiara, y que el ejército estaba para hacer frente a esas fuerzas, pero que todos preferían evitar la guerra. Que para eso se necesitaban personas que pudieran ayudar, no como soldados sino como civiles que con sus acciones reforzaran los puntos débiles en donde podrían producirse presiones y rupturas que favorecieran que otros países dominaran partes de la población... , que esos civiles eran de inmenso valor, pero tenían que ser entrenados para que pudieran sobrevivir por su prudencia y realizar las labores que se les encomendaban.

Luego el Coronel hizo preguntas a Kim sobre lo que entendía y Kim le contestó con ejemplos de eso de saber o averiguar cosas que pueden suceder y que son malas para otros, como si él viera que alguien quiere matar a un amigo, tiene que ser cuidadoso para no dejarse ver de los malos y para buscar a su amigo y alejarlo del sitio en donde le pueden hacer mal... y también para poder identificar al que trata de cometer el crimen.

Ante la evidencia de la claridad de Kim al respecto, el Coronel pasó a decirle que en Simla tenían un amigo y colaborador experto en enseñar a los jóvenes esos métodos de ayuda y que él quería que Kim pasara diez días con ese amigo. Que no lo obligaba, pero si Kim quería, podría servirle mucho lo que iba a aprender allá.

Kim contestó enseguida que él sí quería apoyar de esa forma a Inglaterra. Que él no quería ser soldado, pero sí deseaba ayudar a que no se perjudicaran ni el gobierno inglés ni la gente de su país.

Entonces al día siguiente Kim debía viajar temprano a Simla. Para eso el Coronel le dio un nuevo pase de tren, porque el del año anterior ya estaba vencido.

Antes de despedirlo, el Coronel invitó a Kim a que lo acompañara a almorzar ahí, en su casa, con él y su esposa. Kim se esforzó en comportarse como le habían enseñado en San Javier. En la conversación preguntó por el padre Víctor. El Coronel le dijo que se había ido a Inglaterra con todo el regimiento. Habían sido liberados todos pues el norte estaba en relativa paz y no se presentían acciones bélicas al menos por un tiempo considerable.

Entonces Kim se preocupó por saber si su lama sabía eso para hacer llegar el dinero a quien lo reemplazara. El Coronel lo tranquilizó diciéndole que se lo habían enviado a él, porque el propio padre Víctor les había avisado de su viaje. La señora Creighton estuvo muy amable y bondadosa con su invitado. Kim pensó que ella lo miraba como si él tuviera siete años en lugar de catorce.

Así terminó el almuerzo y Kim le prometió al Coronel que haría cuanto estuviera de su parte por aprender y progresar. Que deseaba prepararse para servir lo mejor posible a Inglaterra y a la India. El Coronel le dijo que sin duda ninguna Kim llegaría a ser de gran ayuda en el futuro de todos. Que continuara muy atento sobre todo en lo de aplicar las Matemáticas a las medidas de la tierra y al trazado de mapas. Se necesitaban mucho esos profesionales.

Ya en la puerta, el Coronel le resumió lo que debía hacer al día siguiente: En Simla debía preguntar por el Sahib Lurgan y presentarse en su casa: él estaría avisado esperándolo. Y Kim debía estar muy atento para descubrir todo lo que esa experiencia le podría dar de valioso para su vida. Al final, viajaría de Simla a Lucknow para llegar a tiempo a San Javier.

Aprendizaje en Simla

Esa tarde Kim fue a la Estación para averiguar con calma sobre trenes y tiempos de viaje. Cuando tuvo anotadas las fechas y horas de salidas y llegadas, se sentó a escribir a su lama para proponerle que lo esperara en la Estación de Lucknow el día y la hora que ya había determinado en su programa, después de la finalización del curso corto que iba a hacer en Simla. Así tendrían más tiempo para pasar juntos, hasta la hora de su entrada en San Javier.

Volvió a dormir en el lugar que ocupaba Mahbub cuando se quedaba en Ambala. La señora lo reconoció enseguida y lo atendió sonriendo.

Muy temprano salió Kim para tomar el tren que lo llevaría a Simla. Después del mediodía ya estaba en la ciudad comiendo algo en una fonda, porque llegó con hambre y con la ropa que llevaba puesta no podía mendigar. De ahí salió en busca de señas para encontrar al Sahib Lurgan.

Finalmente Kim llegó a la esquina en donde debía preguntar de nuevo. Solo encontró a un niño de nueve o diez años y le preguntó por el Sahib. El chico contestó que no hablaba inglés. Kim repitió la pegunta en urdu y el chico lo tomó de la mano y lo condujo a la casa que estaba ahí mismo, cuatro pasos frente a ellos.

El señor Lurgan les abrió la puerta y ambos entraron. El pequeño vivía ahí mismo. El hombre saludó en inglés a Kim. Amablemente lo invitó a sentarse para conversar un rato. Era una mesa mediana, sobre la cual se encontraban varios recipientes que contenían piedras de diferentes clases y colores. Había un poco de perlas sobre un paño y era evidente que estaban siendo separadas por algunas características. Lurgan le explicó que él trabajaba con piedras, algunas muy finas y valiosas y otras no tanto. Generalmente se trataba de reparar daños o cortar en partes para engastar en joyas, o simplemente limpiar y brillar antes de ponerlas en venta. El negocio total de Lurgan era una venta de artículos especiales, principalmente obras de arte antiguas y joyas, aunque también había armas de muy diferentes tipos y procedencias. Luego invitó a Kim a pasear libremente por los espacios en donde exhibía lo que estaba en venta. Estas cosas le hicieron recordar el Museo de Lahore y el Sahib tan amable que había atendido a su lama y le había regalado sus propios lentes.

Al finalizar, el dueño acercó una jarra de porcelana, se sirvió él un poco de agua e invitó a Kim a servirse en el vaso que tenía cerca. Cuando Kim tuvo el vaso en su mano, Lurgan dio un empujón a la jarra de tal forma que ésta se deslizó sobre el mantel, dejando solo una marca leve de su paso hasta parar frente a Kim quien miró sorprendido y admiró la destreza del sahib. Lurgan lo animó a que hiciera otro tanto y empujara la jarra de regreso. Kim expresó sus dudas de lograrlo pero de todas formas la empujó. La fuerza resultó excesiva y la jarra se cayó al piso y se rompió en varios trozos.

El Sahib Lurgan hizo un gesto a Kim para que se detuviera, porque éste se agachó para recoger el destrozo: le indicó con una mirada de gran rigor que, sin moverse, observara lo que quedaba de la jarra.

Entonces Kim sintió una especie de mareo y comenzó a ver que los pedazos más próximos a la base de la jarra se movían hacia los lugares que les correspondían como tratando de reconstruir la vasija. Pensó entonces que la jarra se había roto, que no podía volver a unirse, pero los pedazos parecían continuar intentándolo y acercándose unos a otros. Kim, en su cabeza empezó a repetir: 'la jarra está rota, completamente rota', y luego como no podía dejar de mirarla y de ver moverse a los trozos, resolvió ponerse a repetir mentalmente las tablas de multiplicar en inglés, y siguió y siguió multiplicando: 'tres por cinco igual... quince', 'siete por siete igual... cuarenta y nueve', 'nueve por tres igual... veintisiete' y, así manteniendo el esfuerzo de recordar los resultados sin dejar de mirar la jarra, sucedió que de repente, los trozos se detuvieron y Kim volvió a ver los pedazos tal cual habían quedado desde el golpe.

Miró entonces al señor Lurgan y éste le sonrió ampliamente y lo felicitó. Era el primero de sus alumnos que no había caído en la prueba de sugestión, expresó admirado.

Ya para entonces era hora de cenar e ir a dormir. Kim había comido mucho en la fonda y no sintió deseos de cenar. Explicó esto a su anfitrión quien estuvo de acuerdo en eso de no sobrecargar el organismo y lo condujo al lugar en donde tenía una cama preparada para él. Agradecido, Kim se durmió enseguida.

El día siguiente comenzó con el inconveniente de que el pequeño Jaidev, ayudante y aprendiz de Lurgan había intentado asesinar a su maestro poniendo una cantidad muy alta de arsénico en su té y además había prometido matar a Kim con una navaja. En voz baja Lurgan explicó a Kim que el motivo eran unos celos desbordados como consecuencia del éxito de Kim en el asunto de la sugestión y sobre todo por la felicitación especial que él, Lurgan, había dado a Kim. Pasaron a la mesa y en voz normal Lurgan anunció que Jaidev estaba castigado y debía permanecer todo el día contra la pared sin hablar. Kim escuchó los sollozos y sin decir nada se acercó a la mesa para tomar el té que Lurgan le ofrecía.

"Pero si yo me voy en pocos días", dijo Kim en voz alta y continuó: "no tiene que ponerse así. Al fin y al cabo él es el que vive aquí y ayuda a su maestro y aprende de él todos los días... Yo creo que no pensó bien... A mí también me ha pasado que hago algo y después me arrepiento al ver que tendría que haberlo pensado mejor."

"Y usted ¿alguna vez ha envenenado a su maestro?" preguntó Lurgan

"No, ¡Jamás!, ni a mi maestro ni a nadie. Eso tiene muy malas consecuencias. ¡No!. Lo digo por cosas que uno dice o hace y que después resultan que se convierten en un problema para uno mismo o para un amigo".

"Jaidev ha aprendido mucho. Si supiéramos que se va a portar bien, él podría enseñarte a observar bien las cosas", dijo Lurgan y preguntó en voz alta: "Jaidev, ¿no quieres enseñar a Kim el arte de observar bien?"

"Sí, yo le enseño si usted quiere". Contestó el aludido.

Así retornó la normalidad y en cuanto terminaron el desayuno, Jaidev retiró las tazas y, con cuidado, volcó sobre la mesa un bote que contenía piedras de varios tipos y colores. Entonces dijo a Kim que observara las piedras porque iba a taparlas. Puso enseguida un papel grande que las cubrió y luego le dijo a Kim que describiera lo que había visto.

Kim había visto que eran quince en total: tres azules, dos grises, cuatro amarillas, dos perlas blancas, tres piedras de color violeta y una piedra blanca más grande

Jaidev repitió lo mismo pero aclaró los detalles particulares: las que tenían alguna mancha o un daño o un orificio. Kim tuvo que reconocer la superioridad de su contrincante. Luego repitieron el juego con otras cosas: con clavos de diferentes tipos, con trozos de madera y de metal, con cuchillos y dagas,... y siempre Jaidev salió ganador. El maestro aclaró que ciertamente algunas personas, como Jaidev, eran por naturaleza más capaces de recordar los detalles, pero que fundamentalmente el asunto era repetir y repetir el juego muchas veces y con diferentes cosas. Así todo interesado podía llegar a ser un observador poderoso. Incluso personas que al comienzo no lograban ni siquiera contar quince piedras con una mirada, al final de tres días continuos de entrenamiento, igualaban a Jaidev..

Los días continuaron veloces. Especialmente llamativo fue para Kim el aprendizaje de la imitación de los rasgos fundamentales que permitían reconocer la procedencia de un sujeto, en cuanto a su casta, a su etnia, a su forma de vida relacionada con las condiciones del ambiente. Cómo una raya ligeramente oscura en cierta dirección bajo los ojos, un aumento del grosor o largo de las cejas, una pequeña modificación del color en un labio, hacer y sostener una bola con el pelo en la frente o en en la parte posterior de la cabeza.., eran trucos que ponían inseguridad en el reconocimiento de alguien que pertenecía a un grupo específico y llevaban a un error que salvaría al sujeto en una situación de gran peligro.

A esto se agregaba el disfraz con las vestimentas que podría hacerse en algunos casos a partir de las propias vestimentas del disfrazado o de quien lo disfrazaba o de otra procedencia.

También hubo buenos espacios de tiempo dedicados a los temas médicos que siempre pueden presentarse en viajes largos por lugares desconocidos y poco habitados o poblados por hombres violentos o vengativos: heridas, fiebres palúdicas y de otras naturalezas, desnutrición, situaciones de caídas en el agua o enterramientos en la nieve o aludes... qué podía hacerse en emergencias o en situaciones de enfermedades conocidas que sufrieran gentes muy alejadas que no podían buscar un médico.

En la parte estrictamente médica de estas instrucciones intervenían médicos contratados por el Ejército para dar los cursos a los civiles que hacían tareas de levantamiento de mapas y apertura de caminos lejos de las ciudades.

En Simla Kim tuvo dos días en casa de un médico anglo-indio para aprender sobre el tema de las fiebres, de las infecciones y de los recursos naturales que se podrían conseguir y también de las medicinas que era importante llevar para los correspondientes tratamientos cuando se presentaran los casos.

El último día fue presentado a Kim un amigo del Sahib Lurgan,: era un babú de nombre Hurree, un hombre gordo y lento pero muy conocedor de la medicina popular y de la virtud de los remedios pseudo-místicos como ensalmos, amuletos, conjuros, hechizos o encantamientos a la cual se inclinaba el enfermo la mayor parte de las veces cuando el médico no lograba darle gusto. En esos casos lo mejor para el médico era respetar la decisión del enfermo, fuera porque no estaba enfermo o porque no tenía curación o porque quería un imposible. Generalmente el propio enfermo mandaba contratar al santón o brujo o chamán.. y el médico se despedía amablemente, pues era bueno no aumentar el mal con una discusión que no tendría nunca un fin aceptable.

Kim se despidió de sus nuevos amigos y también de Jaidev. Su viaje comenzaría muy temprano al día siguiente. Lurgan le entregó, de parte del Coronel Creighton cinco rupias para sus gastos y como compensación por los días sacrificados de sus vacaciones.

Una vez en el tren Kim pensó y sintió que algo en él había cambiado mucho, pero mucho y no sabía exactamente qué. Estaba contento pero no ya como 'el Amigo de todo el mundo' listo para meterse en cuanta cosa loca se le apareciera, sino con un cierto sentido de que tenía una gran responsabilidad por lo mucho que había aprendido. Sobre todo sentía un deseo inmenso de llegar a ser un médico de verdad bueno para su gente. Claro que primero le daría gusto al Coronel en lo de hacer mapas... y ... meterse en eso que llamaban 'el juego'. Pero por el momento solo era un proyecto para el cual le faltaba un año y medio en San Javier. Lo demás ya llegaría.

En la hora prevista Kim llegó a Lucknow y al salir del tren la figura inconfundible de su lama se le apareció contra la luz que entraba por una de las puertas. El lama lo miró sonriendo, Kim se acercó haciendo un gesto de abrazo cambiado en un sostén firme del anciano contra el río de la gente que entraba y salía. No traía más equipaje que las pocas cosas que había utilizado en Simla. Mahbub Alí había quedado a cargo del envío de su baúl, directamente a San Javier.

El segundo año en San Javier

Así fueron caminando juntos y hablando de todas las cuestiones sucedidas en el largo tiempo que estuvieron separados. El lama le dijo que el dinero lo estaban enviando al hermano del sacerdote porque él había avisado que regresaba a Inglaterra. Kim le habló de que ese 'hermano' del padre Víctor era un Coronel que vivía en Ambala, que era muy buena persona y que se preocupaba mucho por él y también que a ese señor le enviaban todos los informes del colegio. Le contó del curso que había hecho en Simla, refiriéndolo principalmente a las cuestiones médicas, porque él iba a trabajar midiendo tierras lejos y allá era importante saber cómo curarse si él o alguien cerca se ponía enfermo.

El lama estaba bien. Le habló del Templo de los Tirthankers en donde lo querían y respetaban y en donde él continuaba enseñando a ratos sobre la Rueda y a ratos dibujando horóscopos para personas que se los encargaban. Con eso ganaba lo necesario para pagar sus viajes de tren. Había dejado de preguntar sobre su Río porque en las cercanías de Benarés nadie pensaba que pudiera haber un Río más sagrado y purificador que el Sagrado Ganges. El lama estaba seguro que encontraría el Río en compañía de su chela, cuando él hubiera terminado el tiempo de su educación. Por el momento ya sabían cómo verse de vez en cuando y así seguirían.

Respecto de 'la señora parlanchina', el lama dijo que era muy buena y muy generosa y que él la visitaría pero por poco tiempo, porque era difícil rezar y pensar con tanto ruido.

Los dos se rieron recordando todos los deseos de ensalmos y sortilegios que ella esperaba del lama.

Puesto que Kim no podía mendigar vestido como iba listo para en San Javier, y tampoco iba a permitir que el lama mendigara para los dos, se fueron a una fonda popular para comer la rica comida indú y los dulces que a Kim gustaban tanto.

Después fueron por un buen rato a descansar a la sombra de unos mangos y, cuando la hora se aproximaba, Kim quiso llevar al lama hasta la Estación para que tomara su tren a Benarés. Allá se despidieron, con la promesa de verse a través de la reja de la escuela cada dos semanas. Kim lo dejó en el tren y luego de que arrancó, se fue a pie a San Javier para enfrentar el segundo año de clases y cuadernos...

Con las miras puestas en sus proyectos profesionales, Kim estudió fuertemente la Matemática, la Geometría y también la Química y las Ciencias naturales. La Geografía era su campo de aplicación inmediato. Hizo mapas de las líneas del ferrocarril que conocía, de los puentes que esas líneas atravesaban y de los ríos que corrían bajo esos puentes... Se hizo buen geógrafo de su propia tierra. Estudiaba además sobre los elementos y los compuestos químicos y anotaba cuanto descubría de ellos que fuera de utilidad en el campo de la salud y de la curación de enfermedades. Al final del año, iba a cumplir quince años y ya parecía un médico joven por lo mucho que hablaba de enfermedades y curaciones.

Sin preguntar de nuevo, repitió exactamente el ciclo de terminación y salida a vacaciones del año anterior, solo variando el envío de su baúl a Mahbub Alí en Lahore, cosa que hizo con anticipación pues deseaba ir a Simla antes de continuar para Ambala y de llegar finalmente a Lahore.

En Simla pasó tres días con sus amigos. Lurgan estuvo muy feliz de esa visita, el ayudante estaba ausente pues sus padres celebraban el matrimonio de Jaidev con una niña, en su pueblo, de acuerdo con las costumbres ancestrales.

Babú obsequió a Kim un cofre muy fácil de cargar al cuello, que tenía compartimientos con pastillas de quinina, otras analgésicas y otras de variadas cualidades. Además un vaso pequeño y una piedra cilíndrica para pulverizar pastillas.

Los tres caminaron, salieron a comer, hablaron de Creighton, de Mahbub y del lama, sin mencionar absolutamente nada que pudiera hacer pensar a nadie que tenían en común más cosas además de una alegre amistad.

Kim escribió al lama para informarle que iba a pasar las vacaciones en Lahore con el fin de estar cerca del Coronel, no porque él fuera un soldado sino porque podría adelantar prácticas sobre lo de trazar mapas y así terminaría más pronto en San Javier y se podrían ir los dos a buscar el Río. Que si necesitaba decirle algo le mandara una carta a la casa del Coronel Creighton en Ambala. Al final le prometió que antes de regresar a San Javier, le avisaría y harían lo mismo que al final de las vacaciones anteriores.

Finalmente Kim se despidió de sus amigos y tomó el tren directo a Lahore. No quería ver al Coronel sin descansar antes un poco y hablar con Mahbub Alí.

Veinte horas de viaje en un vagón de segunda fueron tiempo suficiente para que Kim descansara, pensara y retomara su vida con entusiasmo, esta vez vestido como un joven indio no demasiado pobre ni harapiento. Así llegó hasta el Caravasar de Cachemira e hizo saltar a Mahbub de su poltrona para recibirlo con grandes muestras de admiración. Ese señor de su misma altura, que caminaba como un Sahib, no podía ser el Kim limosnero que hacía mandados para él dos años antes. La vida había pasado muy rápido. Pero los resultados se veían bien, muy bien.

Mahbub no se perdonaba no haber sido él quien costeara la educación del muchacho, pero ¿Cómo podía habérsele ocurrido? ¡Eso sin duda era un milagro de un lama santo!

Situación del 'gran juego'

Las medidas tomadas por el Ejército Inglés con ocasión del asunto del 'pedigree del semental blanco' tuvieron un efecto casi inmediato de reducción de los problemas en el norte. Esta fue la razón por la cual, menos de un año después, esas tropas fueron licenciadas y la mayor parte de sus integrantes regresaron a Inglaterra.

Subsistían sin embargo, los problemas menores estimulados en sectores medios de Afganistán por rusos que continuaban con su empeño de romper el cerco inglés en la India y abrirse paso para lograr una salida al mar y establecer un comercio propio con el rico país asiático. Los ingleses no podían mandar ejércitos en contra de ciudadanos rusos que tenían tratos comerciales con Afganistán e incursionaban en tierras indias en plan de aventuras deportivas de caza de osos y leopardos, aunque algunos sospechaban que no eran tan inocentes las visitas de esos señores. Esta fue la principal razón por la cual el Coronel Creighton y Mahbub Alí decidieron apoyar la educación civil de Kim y orientarlo hacia la práctica de la topografía para el levantamiento de planos y el trazado de caminos y puntos de parada entre los lugares más apropiados para el establecimientos de nuevos centros. El Gran Juego, aunque seguía siendo un juego mortal, estaba prácticamente reducido a un juego de 'espías' a favor o en contra de los ingleses o de los rusos, tanto en India como en Afganistán, Persia y los otros países del noroccidente asiático. El Tíbet no entraba en ese juego.

Por los días de las vacaciones de Kim crecían rumores de invasores disfrazados de deportistas rusos. No se había podido probar nada ni se habían encontrado documentos de ningún tipo que comprometieran a los siempre frecuentes paseantes de Europa del Este, a quienes gustaba pasar sus temporadas de caza en la zona. Solo eran rumores.

Kim acompañó a Mahbub en dos viajes para comprar caballos y se estrenó en travesías por el mar con todo y la experiencia del mareo que le fue difícil superar, pero que le enseñó sobre la necesidad de conocer el cómo puede preverse o dominarse cuando aparece, como parte de su siempre acariciado tema de la medicina y su objetivo de ayudar a la gente.

Último ingreso en San Javier

Finalmente Kim fue a Ambala para despedirse del Coronel y su señora, siempre afectuosos y sonrientes y regresó a Lucknow en donde su lama lo esperaba.

Nuevamente pasaron la tarde juntos. Se despidieron cuando el lama salió en el tren para Benarés y Kim volvió a San Javier con el sentimiento de que él estaba demasiado crecido para seguir como un escolar. Comenzaba el mes de febrero. En Octubre Kim cumpliría los dieciséis y esperaba ser dado de alta pocos días después.

El estudio durante ese período fue dejado por los maestros de San Javier casi completamente en manos del propio Kim. Solamente le exigían presentación de trabajos referidos al dominio del Inglés hablado y escrito, con claridad sobre las diferencias entre el que se hablaba en Inglaterra y el que hablaban los hijos de los ingleses nacidos en la India, tanto en la literatura como en el diario vivir.

El mismo Kim expresó al Director que él se sentía capaz de hacer exámenes finales en julio o agosto, con el fin de integrarse al trabajo que ya lo esperaba, de reconocer algunos terrenos en el Norte y levantar los planos para uso del gobierno y sus previsiones. En consecuencia preguntó que si podría suceder que le permitieran hacerlo así.

El Director optó por escribir directamente al Coronel Creighton y como resultado acordaron que Kim podría retirarse de San Javier a partir del día primero de septiembre. Estaba comenzando el mes de julio.

El joven O'Hara

Dos meses después y de acuerdo con el Coronel, Mahbub Alí llegó puntualmente para acompañar a Kim en su salida definitiva del colegio.

Mahbub quería iniciarlo en el 'Gran Juego', lo cual significaba realizar un par de actividades que se tomarían cada una un día, ahí mismo en Lucknow. Después de eso, Kim tendría seis meses de libertad para hacer lo que quisiera, antes de comenzar a trabajar en serio.

Kim quería dar la sorpresa a su lama de llegar ya libre de obligaciones escolares a recogerlo en Benarés. Mahbub le confirmó que lo podría hacer dos días después. Ese día lo tenían para hablar ampliamente de lo que esperaban de él y de lo que debía entender completamente respecto del Gran Juego, que significaba grandes esperanzas para el futuro de Inglaterra en India y también grandes riesgos para él y todos los jugadores. Él mismo, Mahmud Alí, era un jugador. No fue por casualidad ni por peleas de negocios que había estado a punto de morir las dos veces que Kim conocía y otras más, no tan directas, pero también reales.

Fue una larga conversación en la cual Kim hacía preguntas y Mahbub le contestaba mientras observaba con interés y respeto que Kim no reaccionaba con nerviosismo ni temores. Kim simplemente comprendía y se sentía dispuesto a hacer su parte como fuera viendo que se podía según las circunstancias que se fueran presentando. Un pensamiento dominaba sobre los otros; él debía dedicar sus años siguientes al trabajo difícil y peligroso que Mahbub le había desvelado, sin asumir otras obligaciones. Eso no lo podía olvidar. Estaba seguro de que encontrarían pronto el Río que su lama estaba buscando. Hecho eso, los dos continuarían siendo grandes amigos pero sin un deber diario que los atara el uno al otro. Continuarían mientras estuvieran vivos, como habían hecho durante los años de San Javier.

Luego cambiando de tema, se fueron a caminar por la ciudad despreocupadamente. Al anochecer Mahbub le preguntó si quería hacer alguna cosa especial como celebración del término de sus estudios, pero Kim no tenía en mente ningún programa ni atracción posible aparte del gusto anticipado de viajar a pie por los caminos, con su lama, como tres años atrás... exactamente cuando él cumplía sus trece años. En el siguiente mes, cumpliría dieciséis y sería ya un hombre, pero el placer de andar por la gran Troncal de su país sería el mismo. Si tenía que disfrazarse para parecer menor, lo haría.

Mahbub se prometió a si mismo conocer al lama y tratarlo de cerca a ver si lograba entender el apego del muchacho a ese hombre viejo y mendicante. Por lo demás fueron a un lugar en donde algunos músicos tocaban y cantaban canciones de todas partes.

Kim estuvo muy feliz. Todas las canciones escuchadas de niño y oídas de nuevo le parecieron bellísimas. Entre los que cantaban había una joven sonriente que conocía de antes y lo atraía mucho, pero se abstuvo de decir ni hacer nada porque sabía que todavía no era hora de entrar en el trato con mujeres. Primero su deber con el lama y luego su trabajo con el Coronel y entonces, entonces seguro llegaría el tiempo.

Mahbub tomó un cuarto para pasar la noche.

La entrada al juego

El día siguiente, hacia las diez de la mañana Mahbub llamó a Kim para el asunto de su iniciación. Le explicó que el trabajo lo hacía una mujer ciega, experta en todas las artes de generar protección sobre los que comenzaban una carrera difícil y peligrosa. Ella conocía las prácticas de todos los chamanes y brujos para obtener de las fuerzas ocultas una protección valiosa sobre el cuerpo y sobre la mente de sus protegidos. Kim escuchaba todo con cierto escepticismo porque nunca había tratado a ese tipo de personas, pero se abstuvo de decir nada a Mahbub pues lo veía muy seguro del valor de tales acciones. Así que le dejó hacer.

Lo primero es que 'Uneefa', que así se llama ella, te va a oscurecer un poco la piel. No es bueno que tengas la piel tan blanca porque puede ser más fácilmente atacada por enfermedades o bichos. Luego te hará un masaje general para que todos tus nervios y músculos lleguen a su mejor forma y te hagas más resistente a las fatigas, al sueño,al hambre, a la sed, al dolor físico y sobre todo al oscurecimiento de tu mente.

Finalmente te pondrá un amuleto que es el símbolo que te permitirá reconocer y ser reconocido como participante del juego, por otros jugadores. Ese será el signo de una inmensa fraternidad de ayuda en la cual ingresarás cuando ella lo ponga en tu cuello. Pasó a explicarle cómo era el pequeño truco de reconocimiento mutuo al comenzar una conversación con otro jugador cuando acababan de reconocerse:

"Al hablar con otro jugador, la clave es separar un poco las últimas palabras. Dejando un pequeño tiempo de más antes de la última. Por ejemplo si dices: ¿Quiere un poco de agua?, pero buscas que él sepa que tu eres su hermano en el Juego, le dirás ¿quiere un poco de ... agua?, haciendo una pausa más larga antes de la palabra 'agua"

Respecto del amuleto le explicó que dentro del envoltorio encontraría un pequeño papel con su identificación como jugador: Una letra y dos números. Por ejemplo 'T65'. Eso era todo. Cuando estuviera solo, debía sacar el papel, grabar el dato en su memoria y luego lo destruir el papel y el envoltorio. Que quedara solo el amuleto con su cuerda al cuello.

Cuando salgas de ahí, yo ya me habré ido. Puedes volver a dormir en el mismo cuarto en donde dormimos anoche y creo que es lo mejor antes de emprender el viaje a Benarés. Te vas mañana por la mañana ya fresco y relajado. Yo te traigo hasta aquí para presentarte a Uneefa, y te dejaré con ella. Luego, por regla del Juego debo retirarme. Después nos veremos, no lo dudes. Pero los primeros pasos debes darlos tu solo.

Kim le dijo que sí, que se fuera tranquilo, que él haría las cosas como se las había explicado.

Entraron en un ambiente un poco oscuro y lleno de aromas variados, ácidos, almizclosos, dulzones, en total desagradables pero no al extremo. Ellos se sentaron en el piso para esperar a que apareciera la mujer. Lo primero fue el ruido de muchas piedras colgantes que chocaban unas contra otras mientras una mano grande levantaba la cortina. Enseguida al verla salir, Kim pensó que era la mujer más grande en tamaño que había visto en toda su vida. Muy alta y muy gruesa. Le impresionaron sobre todo los ojos completamente blancos.

Uneefa reconoció la voz de Mahbub y lo saludó amablemente con palabras en árabe, referidas a Alá. Mahbub le entregó una bolsita que inmediatamente desapareció detrás de la cortina. Luego ella se acercó y presionó el hombro de Kim. Mahbub le dijo que se arrodillara sobre el tapete, mientras con su mano lo presionaba sobre la nuca y le decía que se quitara la camisa. Kim obedeció y ya no pudo levantar la cabeza. Permaneció unos minutos con una sensación desagradable de estar siendo forzado en esa posición pero continuaba sintiendo los dedos de Mahbub y eso lo tranquilizó. Luego comenzó el trabajo de las manos grandes sobre la piel, acompañado por el ruido rítmico de las piedras y por el olor del menjunge con el cual lo humedecían y eso fue lo último que pudo recordar cuando despertó sentado en el mismo suelo, con su camisa puesta y con el amuleto colgado al cuello.

Kim preguntó a Uneefa quien no estaba a la vista, si podía levantarse y ella, desde detrás de la cortina le dijo que sí y que cuando quisiera otro masaje, que viniera y ella se lo daría por un precio especial para los clientes de su amigo Mahbub. En ese momento Kim supo que el masaje era un obsequio de Mahbub para él y que la bolsita que le había entregado a Uneefa contenía el pago y el amuleto. La ciega solo tenía el encargo de ponerlo al cuello, sin ninguna idea de lo que significaba.

Se despidió agradeciéndole y con la promesa de volver cuando pasara por Lucknow. Se sentía suelto y aliviado pero con mucho sueño. Cuando salió a la calle, por las sombras de los árboles calculó que serían las cuatro de la tarde. Se apresuró hacia la posada en donde estaba el cuarto rentado por Mahbub y las cosas suyas que no llevó al domicilio de Uneefa. Entró y se echó sobre la cama con el propósito de dormir un rato antes de salir a buscar comida.

Kim el médico

Despertó con la luz del sol de la mañana siguiente. Se dio un baño con el agua que la señora había dejado lista, se vistió con la ropa indígena que traía, organizó y empacó las cosas para el viaje. Así salió rumbo a la Estación con el aspecto de un trabajador de clase baja.

Antes de llegar entró a desayunar en una taberna de todo su gusto y se dio un súper desayuno indio con mucho curry, mucho picante, y también mucho dulce al final. Iba contento con la idea de dar una gran sorpresa a su lama.

Descendió del tren en Benarés a las dos de la tarde. Preguntó por el Templo de los Tirthankers y llegó sin ningún contratiempo. El primer espacio al pasar al puerta era una esquina amplia y techada en donde había como unas treinta personas esperando. No vió a nadie a quien encargarle de llamar a su lama y preguntó a un vecino por qué estaban ahí.

Yo espero a un santón para pedirle un ensalmo para mi mujer que está enferma... Luego otro hombre joven que cargaba un niño le dijo: Yo vengo a traer limosna para los santones para ver si los dioses curan a mi hijo. Lo hemos llevado a varios médicos pero la fiebre no le baja. La madre no quiso venir. Ella piensa que el niño se va a morir y está como loca. Kim le dijo que se hicieran a un lado, que si él veía al niño tal vez podría ayudarles para que mejorara.

En ese momento un monje preguntó a Kim qué se le ofrecía y él le dijo que por favor informara al lama Teshu de Such-zen que su chela había llegado. El monje se retiró y Kim siguió con el hombre y su hijo.

Fuera del tumulto Kim descubrió la cara del niño que estaba cubierta con una manta y vio la fiebre y también la sonrisa del chiquito. Inmediatamente reconoció las fiebres palúdicas de su pueblo. Habló con seriedad al hombre:

"¿Qué tienes ahí para darle a niño?", preguntó Kim

"Un poco de leche", contestó el hombre.

Entonces Kim sacó el cofre que le había obsequiado el babú, y seis pastillas de quinina, más dos de carne seca. Pidió la leche y en el vaso que él llevaba puso tres pastillas de quinina y las pulverizó. Luego agregó medio vaso de leche y después de revolverlo bien le dijo al niño que tomara esa leche para que se pusiera fuerte como su papá. El niño no quería pero Kim supo convencerlo y finalmente se tomó toda la mezcla. Entonces, como premio Kim le dio una de las pastillas de carne y eso le gustó al niño por el sabor de la sal. Kim entonces le dio al padre las otras tres pastillas de quinina y le dijo que se las diera de la misma forma dos horas más tarde. Que luego le diera la otra pastilla de carne y después que lo dejara dormir. Cuando despertara debía darle a beber agua y lo que el niño quisiera comer. Finalmente, sería bueno que volviera a ese mismo lugar temprano en la mañana para informarle a él cómo el niño había pasado la noche.

Antes de que Kim terminara de hablar con el padre del pequeño enfermo, el lama había llegado y observaba a su chela convertido en médico. Cuando Kim volvió la vista, se emocionó mucho ante esa sonrisa tan querida para él. Otros monjes los observaban, lo cual no impidió que Kim se acercara y pusiera sus manos sobre los brazos de su querido lama, mientras le decía: "Ya estoy libre. Cuando quieras nos podemos ir".

El lama, por su parte se dio aires de importancia al señalar a su chela que ya había terminado sus estudios en 'Javier' y que lo acompañaría en la búsqueda y seguro encuentro de su Río. Todos sonrieron contentos. Amaban al lama y habían aprendido mucho de él, de su sencillez y humildad y también de sus conocimientos sobre los astros, sobre la Rueda de las Cosas y sobre la búsqueda del Río de la Flecha.

Esa noche Kim durmió en la habitación del lama. Observó que tenía un altar pequeño con varias imágenes y vasijas finas y bellas. El lama le dijo que todo eso eran obsequios de la dama parlanchina, que era una mujer de muy buen corazón y que había ido a visitarlo. Claro que siempre con la idea de obtener de él ensalmos para su hija y para ampliar su descendencia. Ante esto, ambos se rieron.

Muy de madrugada el lama quiso que salieran pronto pero Kim lo detuvo por razón del niño enfermo que sin duda llegaría con su padre. Efectivamente el hombre llegó sonriendo porque la fiebre había bajado. Kim le dijo que recordara bien cómo había sido el tratamiento para que si le volvían las fiebres lo repitiera exactamente de la misma forma. Que no añadiera nada más mientras no bajara la fiebre. Escribió en un trozo de papel los nombres de las pastillas de quinina para que las pudiera comprar y le explicó como preparar las de carne seca. Kim sabía que para la gente son muy necesarios los protocolos para las curaciones. Es en ellos en los que cree el pueblo. No en la bondad de los remedios. Por eso había que meterles muy claro el rigor de cómo hacer algo tan sencillo, pero que pareciera complicado, insistiendo en que no podían cambiar nada.

El hombre quiso pagarle, Kim le dijo que sí pero que le pagara con comida. Que en una hora llevara arroz y carne con mucho curry al puente del ferrocarril. Que ahí se encontrarían. Al final añadió que si tenía algunos dulces, los llevara también.

El lama entonces se despidió de todos los amigos del Templo que lo habían aceptado y querido y acompañado durante esos años. Prometió escribirles, sobre todo cuando encontrara su Río para que todos los que lo desearan pudieran ir a beneficiarse con el poder limpiador de sus aguas. Finalmente, casi para terminar la hora que Kim había señalado al hombre, salieron para viajar al norte, en busca de Río de la Flecha.

En el puente encontraron al padre con su hijito despierto y alegre. Ellos también se dirigían al norte y, después de haber ayudado a servir a Kim y al monje la comida que llevaba, el hombre recogió la cesta y siguió con ellos hacia la Estación.

Kim compró pasajes en tercera clase para Delhí y se acomodó con el lama en un coche medio vacío. El hombre, se sentó en el mismo coche con su niño sobre las rodillas. Él descendería en la cuarta parada.

Ayudas de los dioses

Poco después de la salida de Benarés, en la primera parada, el encargado de revisar los tiquetes arrastró a un hombre herido dentro del coche y lo dejó con el tiquete en el piso, muy cerca de los pies de Kim. El hombre tenía la apariencia de un pequeño comerciante de ciudad pero no se podía mover porque una de sus piernas estaba muy mal. Se quejaba de que una carreta lo había hecho caer y se había herido con piedras muy filosas de la zanja. Kim observó las heridas de la cara y la de un brazo y no creyó en la historia de una caída. Eran heridas hechas con un cuchillo o algo similar. Las piedras hubieran raspado y rasgado la piel de otra forma. Entonces se acercó y para su sorpresa descubrió en el cuello del hombre herido un amuleto igual al suyo. Sin hacer ninguna seña especial, se aproximó al herido y le dijo que tratara de moverse un poco hacia el rincón, para que él lo pudiera examinar.

En esas el padre del niño gritó a Kim que no hiciera eso, que a él no le tocaba cuidar heridos de una carreta, y se iba poniendo furioso. Kim con calma le dijo que su niño estaba bien pero que podía ponerse mal si los dioses del herido se disgustaban con él. Que se callara para que él pudiera saber cómo curar a ese hombre que estaba tan mal y que seguramente tenía un niño que lo esperaba en la casa. El hombre se alejó cuanto pudo y se puso a mirar hacia otro lado, aterrorizado por la posible furia de unos dioses que él no conocía.

El juego en acción.

Entonces Kim se agachó y mostró al herido su amuleto en un gesto descuidado. El otro abrió mucho los ojos y dijo: yo estoy perdido pero tu no te pongas en... peligro.

Kim le dijo que le contara rápidamente de qué se trataba.

El herido le dijo que en Benarés lo perseguían para quitarle una carta que el logró esconder debajo de la piedra de la Reina en esa plaza y que alcanzó a huir y se creía a salvo, cuando un hombre lo agarró por el cuello y lo acusó de haber dado muerte a un niño y que tenía los testigos y el cuerpo del niño y que la policía había sido avisada y llegaría pronto. Él había logrado aprovechar un descuido mínimo del hombre y escapar y correr cuanto pudo. Pero lo alcanzaron y lo hirieron y él se tiró al barranco del otro lado de la vía del tren, en el momento anterior al paso de ese tren que entraba en la estación.. Así tuvo tiempo de esconderse. Él mismo pidió ayuda al hombre de los tiquetes del tren y le dio el dinero para comprar el suyo y esperó hasta el momento en que el hombre regresó para ayudarlo a subir. Pero que sin duda lo estarían esperando en Delhi, o antes y ahí lo entregarían a la policía con muchos testigos de que había dado muerte a un niño.

Kim mientras tanto había limpiado las heridas más hondas, les había aplicado una loción desinfectante y buscaba con qué atarlas. Miró al padre del niño que había curado y le pidió una tela del niño para curar al enfermo asegurándole que eso le traería las bendiciones que el lama santo estaba pidiendo a los dioses. El hombre le dio un pedazo de la mantilla de su hijo y también le dio los polvos de cúrcuma y pimienta que llevaba para su comida y las cenizas de su tabaco, cuando Kim se los pidió. Entonces Kim le quitó la camisa al herido y comenzó a teñir su espalda y su pecho. Levantó el pelo y lo enredó en un globo sobre la coronilla, oscureció la zona bajo los ojos y trazó algunas líneas grises en los costados de la cara, de modo que en pocos minutos el herido pasó de ser un comerciante callejero de clase baja normal de la India a ser un 'intocable' o 'paria' de la casta más despreciable, de quien todos los demás se alejarían por temor de contaminarse. El hombre y su niño se pararon para salir y Kim le dijo que si él decía una sola palabra de lo que había visto, los dioses que habían aceptado perdonar al herido si se mantenía tres días callado y quieto ahí mismo en donde estaba, esos dioses descargarían todo el castigo sobre él y su hijo. El hombre juró que él no había visto nada y que por tanto no podría decir nada. Salió del vagón realmente aterrorizado.

Luego Kim recogió la ropa del herido y la escondió debajo de su propia túnica y se acomodó de nuevo, alejado, con apariencia de dormir, mientras el tren frenaba en el interior de la estación.

Inmediatamente una turba enfurecida acompañada de dos policías subió al tren y se diseminaron por todos los vagones. Al vagón de Kim solamente se asomaron los policías y se retiraron en seguida con caras de gran desprecio, mencionando un 'intocable'. Después de que los primeros se fueron se acercó otro policía y miró para todos lados. El supuesto paria, en ese momento miró al policía recién llegado y empezó a insultarlo con muchas groserías y terminando con que todo lo había perdido en la piedra de esa Reina de Benarés, que esa plaza era una porquería. Kim estaba como hipnotizado: ¡qué forma de pasar una información secreta y peligrosa!, alcanzó a ver que ese policía salía rápidamente, mientras otro policía entraba y tomando al herido por el brazo sano le decía con aspereza que estaba arrestado por faltar al respeto a la policía y lo sacaba a empujones. El herido al salir del vagón dijo a Kim en medio de más groserías, que todo iba bien, que esos eran amigos, que gracias. Kim vio que alcanzaron a bajar del tren y respiró contento.

El viejo lama era el más perturbado de todos. Su chela había sido el culpable de todo lo malo que le había pasado a ese pobre comerciante. Y eso sin duda había sido causado por el orgullo. Su chela se sentía muy orgulloso porque ahora era médico y había sanado a un niño con fiebres. Pero el orgullo es la causa de todos los males. Entonces el lama hizo un sermón a su chela, quien al final le prometió tratar de ser siempre humilde. Así , después de algo más de dos horas, llegaron a Delhi en donde más gente esperaba y observaba a todos los que salían del tren y de la Estación e incluso golpeaban los bultos que llevaban cuando eran grandes.

Kim y el lama comenzaron a andar en la búsqueda del Río que los esperaba en algún recodo de su camino.

Otra vez en el camino

La llegada a Delhi del tren en el cual viajaban Kim y su lama se produjo hacia las ocho de la mañana. Habían transcurrido más de veinte horas desde que se subieron. El lama había dormido aceptablemente gracias al cuidado de Kim para evitarle golpes contra paquetes que estaban en el piso del vagón y que con el traqueteo permanente se iban deslizando de un lado para otro. Kim mismo durmió tranquilo después de que el herido bajó bien acompañado y de que el lama le hizo advertencias muy válidas acerca de los peligros del orgullo. Fueron dos buenas horas de descanso que le ayudaron mucho cuando llegó el momento de moverse.

Lo primero que buscó fue un buen sitio para desayunar. Entraron a una fonda y pronto estuvieron servidos abundantemente. Después de comer decidieron conocer un poco la ciudad Delhi para visitar templos y museos que siempre interesaban al lama. Kim estaba también deseoso de mirar el mundo desde el punto de vista de un profesional, aunque su apariencia seguía siendo la de un joven indio de baja casta, que era la que le resultaba más cómoda.

Así visitaron las grandes construcciones de ladrillo rojo, miraron templos, preguntaron por ríos cercanos, mendigaron su comida y percibieron el espíritu fraternal que revelaban las gentes movidas por el gusto de compartir su alimento con un hombre santo. Durmieron en el templo o en lugares cubiertos alejados del centro. Finalmente, cuando Kim se sintió seguro y capaz de orientarse en Delhi, y el lama estuvo satisfecho de recorrer variados lugares en donde había visto muchas imágenes y otros tantos escritos referidos al Bienaventurado, salieron en plan de llegar a la gran Troncal y empezar a andar en el sentido contrario, el camino que habían hecho antes de encontrar al Toro Rojo. Ambos querían volver a Lahore y visitar al Sahib de la Casa Maravillosa y a todos los amigos de la tierra donde Kim había nacido dieciséis años antes.

La gran carretera seguía igual. Gentes de un lado para otro, músicos, vendedores, ilusionistas, gimnastas y malabaristas, gritos en diez o más idiomas distintos cruzaban el aire y devolvían a Kim a sus felices años de infancia pobre y despreocupada y a los dulces recuerdos del encuentro y primer viaje con su lama. Los días pasaban veloces, llegaban a fin de noviembre. El clima continuaba perfecto para su proyecto: el calor había cedido pero el frío no era aún incómodo. A ratos llovía pero siempre se encontraban lugares techados para esperar el paso de nubes y tormentas. No llevaban afán, así que en la visita a un par de riachuelos se tomaron toda una semana por caminos laterales verdes y pintorescos. Kim se bañaba en cada corriente de agua limpia que encontraban pero el lama no daba su aceptación de tal corriente como 'Río de la Flecha', porque él esperaba que sería inmediato el reconocimiento mutuo: el Río lo atraería fuertemente y él sentiría un deseo inmenso de sumergirse en sus aguas. De todos modos para ambos, el viejo y el joven, el paseo como iba era fantástico.

Una persona muy allegada

Un día de diciembre, en un 'parao' de la Troncal, estaban los dos sentados a la sombra de unos mangos cuando voces de pajes, ruidos de caballos y aparición de un carro grande cubierto, los hicieron reír y agachar la cabeza. Como si fueran fugitivos, se sentían atrapados: La señora de Saharanpur los miraba desde su palanquín y enviaba un paje para invitarlos a acercarse.

Ella muy amable y contenta de encontrarlos, les contó que volvía de visitar a su hija. Les habló de sus nietos y de los inacabables problemitas de salud, para los cuales no había ningún sabio superior al lama. Todos los ensalmos y encantamientos que él le diera habían resultado muy eficaces. El lama sonreía y no con humildad sino con picardía y su chela se daba perfecta cuenta del juego. En fin, la dama era una anfitriona buena y generosa. Eso ninguno lo podría negar y por esa razón el sentimiento de amistad era mutuo. Además, pensaba Kim que estaría muy bien tener un buen techo para el período de los fríos fuertes y las nevadas que no tardarían en presentarse.

A este encuentro siguió la invitación de ir a verla y a pasar en su casa el tiempo más frío. El lama aceptó y prometió que llegarían quince o veinte días después porque querían visitar los riachuelos de la región que les quedaban pendientes. Con esa promesa a su favor, la dama se sintió muy feliz y se adelantó con toda su comitiva para esperarlos.

Finalmente el lama con su chela visitaron todos los ríos que tenían en su lista, de acuerdo con los informes de los habitantes de la zona; en ninguno de ellos se dieron las señales que el lama esperaba. Siguieron entonces su camino a Saharanpur y llegaron hacia el final de enero, cuando el tiempo se sentía frío. Las altas montañas se veían blancas desde la casa de la Sahiba y el lama suspiraba pensando en la tierra del Tíbet y recordando su niñez y juventud vividas en ella.

Les tenían preparado un cuarto especial para ellos y con sonrisas y afecto sincero la señora se preocupó por que tuvieran todo lo necesario para sentirse bien.

Un visitante desconocido

Transcurrían días tranquilos. Uno de ésos, a comienzo de febrero, llegó un visitante. Se presentó como médico y ofreció sus servicios. Deseaba permanecer en la región durante el final del invierno, e incluso adentrarse un poco en las montañas cuando el frío no fuera tan duro. La señora conocía buena parte de las montañas más próximas y le aconsejó que esperara al comienzo de marzo para meterse por esos caminos, porque la nieve podía llegar a convertirse en un inconveniente insuperable. Kim no sabía nada de los sectores montañosos de su país pero le importaban mucho, sobre todo recordando el interés del Coronel Creighton de que aprendiera a trazar mapas o por lo menos buenas descripciones de algunas partes y lugares que podrían resultar más interesantes, esto unido a sus propios estudios especiales de topografía en San Javier.

Así el médico se despidió, prometiendo volver al cabo de un mes o poco más, para conversar nuevamente al respecto. Cuando se iba, el médico se acercó a Kim y le pidió lo acompañara hasta el camino. Kim llegó a su lado y le escuchó: "Señor O'Hara, me da gusto verlo." Kim , solamente en ese momento lo reconoció como el babú Hurree, absolutamente camuflado. Sonriendo le dijo: "Me admiro mucho de sus artes. No creo que yo llegue jamás a algo similar". El babú le contestó:

"No solamente yo sino todos, admiramos su trabajo en el juego, Señor O'Hara". Luego añadió: "Fue absolutamente fantástico y de una tremenda importancia". Finalmente se despidió asegurando que regresaría en el buen tiempo. Kim por su parte ofreció esperarlo, pero aclarando que para mitad de marzo él, Kim, estaba comprometido con el Coronel para comenzar a trabajar como topógrafo. Así que tuviera eso presente y que regresara antes.

"¿Qué se trae Hurree?" pensó Kim. "No iba a venir solo a decirme que hice un buen trabajo. Él tiene otra cosa en mente". Luego regresó con su lama quien le contó cosas que habían sucedido en el Templo de los Tirthankers, en especial de un hombre gordo que lo había visitado varias veces para que él le hablara de los Astros del Horóscopo y de la Rueda de las Cosas y del Tíbet..

Mientras el lama le contaba, Kim se imaginaba a Hurree hablando con el viejo y tratando de sonsacarle secretos..., como si el lama usara eso de tener secretos. .."Es difícil para todos entender que los seres inteligentes y santos viven sin secretos y viven felices...", concluyó para sí mismo.

Pasaron enero y febrero con 'demasiadas palabras' en opinión del lama, palabras inevitables en compañía de la dama parlanchina y en un tiempo que prácticamente obligaba a vivir bajo techo. De todos modos fueron amables esos días de convivencia y descanso.

Viaje a las montañas

Antes de terminar febrero Hurree llegó directamente al anochecer para hablar con Kim. Esperó a que el lama se durmiera y tocó levemente en la puerta. Kim salió y conversaron un buen rato. El babú comenzó sin añadidos: "Se trata del 'pedigree del semental blanco', señor O'Hara"

"Ese asunto fue terminado hace mucho, antes de que yo entrara en el juego", contestó Kim.

"Pues eso creímos. Por eso mismo se licenciaron las tropas. Pero resulta que hace unos meses, antes de que comenzara el frío, empezaron a llegar noticias de incursiones rusas por las montañas, desde Afganistán. Solamente se ha sabido de dos individuos que andan con instrumentos de medida y observación y que solamente emplean indios para transportar el equipaje cuando cambian de campamento, pero no permiten ni siquiera que les preparen los alimentos. Algunos han informado que se trata de cazadores y deportistas que llevan sus trofeos y que vienen hacia acá para despacharlos desde el primer puesto de correo que encuentren.

Me pidieron que me diera una vuelta como observador de la naturaleza. Yo supe que usted estaba aquí y lo que le quiero pedir es que me acompañe como testigo. Esto porque desconfío de unos rusos de los cuales no sabemos qué tipo de armas usan ni qué es lo que hacen y anotan con tanto cuidado a medida que avanzan con su cargamento de cabezas y cornamentas"

Kim pensó en lo feliz que se pondría su lama de hacer un viaje por sus montañas y le dijo a Hurree que siempre que fuera un tiempo corto, lo acompañaría con el lama.

Hurree le dijo que por el compromiso con el Coronel no se preocupara, que él le había hablado de sus intenciones y el Coronel había estado completamente de acuerdo, siempre y cuando Kim quisiera acompañarlo. Pero que de todos modos serían máximo tres semanas, porque solamente avanzarían al punto en donde se encontraban los excursionistas, punto que estaba ya muy próximo a ellos. El objetivo era observarlos antes de que pudieran llegar a un puesto de correo y despachar lo que traían. Hurree añadió que él salía inmediatamente, como vendedor de baratijas. Que lo podrían ubicar desde lejos por la sombrilla a rayas blancas y azules que llevaría en su carromato. Sin más arrancó. Kim alcanzó a ver con la poca luz de la hoguera cercana al camino, la silueta del vendedor que se alejaba empujando un carro.

Por la mañana, cuando Kim habló del proyecto de pasear un poco por las montañas, el anciano se puso contentísimo. Entonces comentaron con la Sahiba y ella los animó diciéndoles que verían la belleza de las primeras flores,... en fin que los envidiaba. Que con ellos irían dos criados hasta dejarlos en los caminos que el lama conocía. Saldrían al amanecer del siguiente día.

Realmente la naturaleza estaba en el esplendor de su belleza. El lama se convirtió en un joven, subía como si bailara. Kim comenzó a sentir el efecto de la altura pero el lama iba adelante, siempre adelante. Al tercer día los criados los dejaron en un lindo bosque y se regresaron. Kim debía cargar con las provisiones y se sentía desadaptado para esas ascensiones rápidas. En fin, pronto vieron la sombrilla y Kim dijo al lama que era un amigo que le había hablado de ese paseo. Luego hizo saber a Hurree, lanzando pequeñas piedras a su sombrilla, que ellos estaban detrás. Esa noche el babú subió sin su carro y hablaron. Los excursionistas estaban a dos días de camino hacia el Este. Paraban en un plano muy agradable y tenían varios hombres que les ayudaban a preparar el equipaje para el resto del viaje. En el equipaje que era muy grande y que acomodaban en un carro de viaje, semejante al de Hurree, llevaban cantidades de latas de comida, además de cacharros de cocina, ropa y abrigos, envoltorios grandes con las cabezas de alces y hasta de un tigre y, un paquete en particular, que cuidaban mucho, que contenía papeles y mapas. Se distinguía porque estaba envuelto en un hule rojo. Ese era el objeto que el babú tenía en la mira, y obtenerlo sería la jugada máxima. No era fácil. Los hombres tenían armas de fuego y también cuchillos y dagas. Hurree se despidió pronto y se alejó alumbrándose con un tizón de la fogata.

Un diálogo internacional

Al cabo de una semana, finalmente Kim y el viejo lama llegaron frente al campamento de los rusos. El lama llevaba sus instrumentos para dibujar los horóscopos y los mapas de la Rueda de todas las Cosas, paquete que Kim cargaba con los alimentos y los pocos abrigos. Por suerte no hacía frío. En cuanto llegaron, uno de los criados se acercó. Kim le dijo que venían paseando porque el lama quiso volver una última vez a sus montañas. Que saludara a sus jefes en su nombre. Se trataba del lama Teshu de Such-zen.

Los rusos eran realmente un ruso y un francés, ambos alrededor de los treinta. Hablaban inglés. No fueron muy cordiales pero la presencia de un lama del Tíbet era algo que no podían tomar a la ligera. Ya sabían del respeto de todas las gentes por esos monjes que a ellos les importaban menos que nada, pero no podían manifestar sino respeto y amabilidad.

Le preguntaron a Kim quien se presentó como el chela indio del lama, por qué hablaba inglés y él contestó que porque se había criado en un barrio en donde vivían soldados ingleses y jugando con sus hijos lo había aprendido desde niño. Pero que ahora él también se preparaba para ser monje. Por eso hacía peregrinaciones con su lama, exponiendo sus conocimientos sobre los astros y la Rueda de todas las Cosas.

En esas apareció Hurree y saludó con mil musarañas a los rusos y les preguntó por el trabajo que les faltaba y si querían que él les ayudara con el transporte de algunas cosas. Ellos, que ya se habían hecho amigos del vendedor le contestaron que en dos días arrancarían. Los supuestos excursionistas quisieron que el lama les hablara de la Rueda. Entonces el chela abrió el paquete y sacó el mapa más completo de la Rueda y el lama intentó explicar con toda su seriedad cada parte del dibujo. El ruso le pidió que se lo vendiera. El lama le dijo No. Que con gusto le enseñaba a dibujarlo y le explicaba lo que quería decir cada parte. El francés se puso furioso porque lo que ellos querían era llevarse el trabajo hecho por un lama, que sería muy interesante y, seguramente se vendería muy bien en su país. El lama siguió con que 'no vendía su dibujo', y eso que él no entendía las razones que ellos daban, sino que comenzó a indicar en el dibujo a medida que lo explicaba en urdu. El francés entonces se agachó y jaló el mapa de la rueda y el lama lo sostuvo y el otro tiró y el mapa se rasgó. El lama de todos modos no soltó el pedazo que él tenía y el tipo le dio un puñetazo al lama en la cara. Los criados indios gritaron todos al tiempo y Kim se levantó como una fiera y tumbó al francés y los dos se enroscaron en una pelea cuerpo a cuerpo, de la cual el francés llevó la peor parte, a pesar del atontamiento que la altura le producía en Kim. Los criados corrieron y tomaron las armas de los excursionistas y apuntaron como para matarlos, pero Hurree los detuvo diciéndoles que eso podría traer la guerra. Que mejor se llevaran todo el equipaje, que él se llevaba a los 'rusos' y levantó con cuidado al magullado francés que sangraba por la nariz, lo metió en su carro, dio el brazo al ruso y los invitó a que se fueran con él para evitar que llegara más gente y ahí si nadie podría defenderlos.

Repartición de un botín en el fin del mundo

Kim se dedicó a su lama, les pidió a los criados que si había por ahí cosas de medicina, se las acercaran. Claro que tenían un buen botiquín. El lama no estaba herido pero el golpe lo había puesto mareado. Kim le friccionó la cabeza y el cuello, mientras le pedía que descansara. El babú y sus dos 'protegidos' iban camino del poblado que estaba hacia el Oeste, mientras que los criados, dueños del equipaje de los rusos se sentaron a hablar e invitaron a Kim a que participara.

Kim les dijo que él quería solamente el paquete de los papeles, el que estaba envuelto en el hule rojo, porque sin duda ahí había libros que a él le servirían para estudiar los idiomas de esos señores y aprender más cosas que sin duda tenían ahí escritas y los mapas de sus países.

Decidieron ir todos a Shamlegh al Este, para que se repartieran lo que les pudiera servir del contenido, equitativamente con todos los habitantes y lo demás lo arrojarían al basurero de Shamlegh de donde nadie nunca había podido recuperar nada.

La mujer que gobernaba el poblado dirigió la repartición de todo lo que era útil a ellos, entregó a Kim el paquete de los papeles y le dijo que lo examinara tranquilamente en un cuarto cuya ventana daba al basurero, basurero de más de mil metros de caída vertical. Que lo que no quisiera lo tirara por la ventana.

Kim escogió solamente los documentos y los escritos a mano, además de los mapas. No se quedó con ningún libro impreso ni tampoco con nada de instrumentos, pensando en que no tendría fuerzas para cargar con casi nada más, y que como sahib no debía robar. Los documentos más recientes los envolvió en un pedazo de hule y se los metió bajo la camisa, sujetándolos con su cinturón. Los demás los puso en el fondo de su bolsa. Todo lo que quedó lo hizo caer al precipicio.

Hecho esto comenzó a agradecer y a despedirse porque el lama tenía urgencia de regresar. Repetía que la Flecha no había caído en las montañas, que él lo sabía pero había sucumbido a la tentación de volver a su tierra. Ahora era urgente llegar de nuevo a buscar el río en las tierras bajas.

Tierna despedida

La mujer ofreció a Kim que podía llevarse todo lo que deseara del pueblo, y se mostró muy dispuesta a complacerlo. Él le dio un abrazo y agradeció pero le era imposible demorarse. Entonces, ella con su autoridad mandó a dos hombres a que armaran una vieja camilla para que transportaran al lama hasta el punto en donde ellos dos encontrarían casas habitadas. Además entregó a Kim una bolsa con comida y otra con dinero y le dijo que lamentaba el afán de devolverse.

El regreso fue duro para Kim. Sobre la camilla puso la bolsa de los papeles pero nada más para no sobrecargar a los hombres. Viajaron dos días hasta llegar al camino más amplio y poco después los hombres de Shamlegh consideraron cumplido su compromiso. Kim les pagó con el mismo dinero que la mujer le había dado y ellos se volvieron después de agradecer. Luego, como se sentía cansadísimo, Kim escribió una nota a la sahiba diciéndole que el lama estaba enfermo y le pidió a una mujer que les ofreció leche, que se la hiciera llegar. Mientras tanto los dos se sentaron a descansar y durmieron bajo un árbol grande lleno de nuevas hojas y de flores. Muy temprano llegaron los conocidos pajes con la camilla y Kim continuó a pie, ayudándose con la misma camilla para sostener su paso. Al atardecer llegaron a la casa.

Otra vez en familia

Para atender al lama, la señora lo hizo llevar a una alcoba próxima a la de ella y allá lo ayudó a comer algo y lo abrigó para que durmiera tranquilo, observándolo casi de continuo durante la noche. Mientras tanto Kim se echó sobre la cama, exhausto. Aunque trataba, no podía dormir. Sentía como un peso sobe su cabeza la responsabilidad de todos los papeles que traía consigo. No se atrevía a dejarlos en ninguna parte, así que los puso a su lado y los cubrió con su manta.

En la mañana la señora entró alegre, esperando encontrar un Kim despierto y sonriente y lo que vio la dejó abrumada. El muchacho estaba agotado más allá de toda prudencia y ella no se había dado cuenta la tarde anterior. Entonces le preguntó qué quería. Él le dijo que había que guardar en forma segura unos documentos. Ella hizo traer una caja metálica y la dejó al pie de la cama, con la llave lista. Le dijo que los guardara con llave y que metiera la caja debajo de la cama y se guardara la llave. Que enseguida vendría ella para ayudarle a desayunar.

Volvió con un caldo que Kim tragaba con dificultad y que lo puso a sudar. Al final se tumbó dormido.

Ella hizo llevar a ese cuarto muchas cosas: ungüentos, aguas de hierbas, cepillos suaves, toallas, cremas diversas. Comenzó por frotarlo y lavarlo. Los pies de Kim estaban destrozados por las piedras y las tiras de las sandalias que se le enterraban cuando trataba de agarrarse al piso desigual. Luego un sahumerio de hierbas para aliviar los pulmones que habían padecido por el enrarecimiento del aire al cual no estaban acostumbrados. Kim se despertaba cada vez que debía voltearse, con la ayuda de la dama, para caer otra vez en el pozo profundo de tantos sueños atrasados. En la tarde llegó una prima de la señora, muy conocedora de los problemas de los trabajadores de esas alturas y entre las dos hicieron a Kim un masaje similar, por los resultados, al que Uneefa le había dado en Lucknow. Todos los huesos, los músculos, las articulaciones, los nervios y los tendones fueron destensionándose. El cuello y los hombros recibieron una dosis especial de masaje con un cilindro de cocina. Finalmente fue ungido con un aceite aromático que acabó de dormir hasta la última de sus células y Kim, muy envuelto en una sábana ligera más una manta sobre ella durmió treinta y seis horas seguidas.

La noche oscura del lama

El lama se había recuperado rápidamente y quiso visitar a su chela. La señora le dijo que el chela estaba mal, que era necesario dejarlo descansar. El lama se asomó al cuarto y luego de ver el estado de Kim, comenzó a sentirse el culpable absoluto de la situación. Había sido su egoísmo el que le impidió ver que estaba viviendo y tomando energía a costa de la energía del muchacho, que no tuvo ninguna consideración con él, que se había comportado como el peor compañero y no merecía sino ser castigado.

Así que sumido en tan negros pensamientos el lama se salió de la casa, se fue al campo y se metió en una pequeña cabaña que usaban para guardar semillas y herramientas. Allí estuvo día y medio sin salir ni comer absolutamente nada. Al amanecer del tercer día, antes de la aurora, el abatido lama se despertó y con el oído que tenía pegado a la tierra empezó a escuchar un ruido suave, a través de la misma tierra, de agua que corría. "¡Mi Río!", exclamó y se enderezó. Mareado por la falta de alimento, se arrastró y salió de la choza cuando la aurora apenas se anunciaba y empezó a caminar muy agachado para escuchar el ruido, que siempre había estado ahí, del agua de una quebradita que fluía más adelante y que regaba los primeros cultivos de ese lado de la propiedad.

Al fin llegó al borde de la quebrada y sintió el inmenso deseo de sumergirse, lo interpretó sin pizca de duda como el llamado de 'su Río' y se metió directamente en él. Se hundió pero no demasiado porque no era un pozo hondo, solo que él estaba débil para sostenerse en pie y no tenía claridad ni fuerzas para empeñarse en salir. Eso sí tenía claro que estaba limpio de sus cargas kármicas de todas las vidas pasadas. Cuando muriera ya no retornaría a la Rueda. Era la felicidad.

Un babú puede salvar a varios

Por suerte, el babú había llegado la ante-víspera y al no poder entrar al cuarto de Kim buscaba al lama para tratar de saber por él algo de los famosos papeles. Por la tarde del día anterior había descubierto el escondite del lama, le había dejado algo de comer pero resolvió no interrumpirlo de noche.

A la madrugada volvió y encontrando la choza vacía comenzó a seguir el rastro hasta que lo vio medio flotando en el agua, con la cara hacia arriba pero completamente sin sentido. Trató de sacarlo pero unas ramas aprisionaban los pies del lama y por eso la posición que tenía como de alguien sentado hacia atrás.

Entonces el babú se quitó su propia túnica, se metió al agua y sacó al lama. Sobre el piso firme quitó al lama la túnica empapada, lo envolvió en la suya y finalmente lo levantó y trató de calentarlo contra su cuerpo mientras corría con él hacia la casa.

Los gritos de la señora, las carreras de ayudantes y cocinera, el encendido de una hoguera cerca para producir mayor calor, una taza de caldo caliente para dársela de a gotas... al fin regresaron al lama de nuevo a la vida.

La señora abrazó al babú y le dijo que valía su peso en oro. Que si quería se podía quedar a vivir ahí. El sonriente, ayudó a acomodar al viejo y se fue a recoger la túnica amarilla para ponerla a secar de modo que después el lama tuviera con qué vestirse.

El lama despertó sonriente. "¡Había encontrado su Río!" . Ya podía morirse tranquilo y su chela quedaba libre como el viento para ir a vivir su vida. Solo quería que él también se metiera al Río de la Flecha, y recibiera toda su virtud y borrara todas sus faltas.

Luego la señora fue a ver a su enfermo joven. Estaba despertando y se veía bien, aunque bastante flaco, pero sonriente. Ella le contó lo sucedido con el lama y ese babú que lo había salvado.

"¿Cuál babú?" preguntó Kim. Ella le contestó que uno que había llegado dos días antes con un carromato con sombrilla de rayas.

"¡Dígale por favor que venga!, ¡pero que venga ya!. Le pidió Kim. Ella lo miró sorprendida y enseguida llamó al babú quien vino corriendo.

Kim le dio enseguida la llave y le dijo, "¡Rápido!, está debajo de la cama. Ahí están todos. ¡Llévatelos por favor!"

El babú salió cinco minutos después con todos los papeles entre sus amplias vestiduras y, sin despedirse, arrancó muy contento con su carromato.

La señora que lo vio irse volvió a donde Kim, pensando que algo los habría disgustado. Kim le dijo que no, pero que ese babú pensaba desde antes, que él, Kim, era un malabarista y que se empeñaba en contratarlo para su espectáculo callejero. Por eso quiso despacharlo antes de que volviera con su tontería enfrente del lama.

Entonces la señora le contó la historia del lama y de su río y le aseguró que si no es por el babú, el lama se ahoga. Kim intentó pararse pero se sintió muy mareado y volvió a su almohada. Durmió algo más de una hora. Cuando despertó se enderezó un poco y descubrió sobre la mesa un gran vaso de leche caliente y un pan dulce. Sus pies estaban firmes y, sin mareos, pudo alcanzar ese desayuno y comerlo con verdadera hambre. Volvió a sentarse para organizar sus ideas.

Encontrar una madre

En esas estaba cuando entró la señora de la casa junto con su lama.

Ella le sonrió y preguntó cómo estaba ese joven que dos días antes no podía moverse. Él le contestó que muy bien porque una madre amorosa lo había cuidado como solo ellas saben hacerlo. La mujer se emocionó tanto que se le escurrieron un par de lágrimas. Se acercó y le acarició la cabeza. Luego le dijo:

"Sí que te siento como un hijo". Kim le contestó: "Soy tu hijo y en adelante te llamaré siempre 'madre'. Luego mirando al lama, Kim lo saludó muy feliz y le preguntó cómo se sentía el agua de su Río. El viejo le contestó que 'perfecta', limpia y transparente y con un poder de transformar al que en ella se sumergía en un alma también limpia y transparente. Kim dijo que en un rato, cuando el sol estuviera bien alto, él iría también a bañarse en ese Río que habían buscado por tres años y que su lama acababa de encontrar cerca de la casa de esa mujer que era tan querida para ambos.

Efectivamente el día se fue en celebración por el encuentro del río y por el afecto y la unión familiar que había nacido entre ellos. Finalmente Kim, después de un buen baño en el río recién bautizado como 'Río de la Flecha', habló de que él debía presentarse ante el Coronel para saber cuál era el trabajo que iba a desempeñar. Que eso sería el día siguiente en Ambala y que si el trabajo no era muy lejos volvería para contarles o si no, les escribiría con seguridad para darles todos los detalles. El lama aceptó y dijo que por los primeros meses, él se quedaría con su amiga y hermana, de quien había recibido tantos favores. Que después el tiempo diría lo que había que hacer.

Presentación e informes

Kim llegó a Ambala vestido como el joven indio que había viajado a las montañas. Su baúl seguía en Lahore en poder de Mahbub Alí. Había pensado ir directamente a Lahore, pero estaba seguro de que lo mejor sería comenzar por la conversación con el Coronel. Además toda su ropa le iba a quedar corta pues había crecido mucho con tantas variaciones de su vida en esos seis meses. Entonces decidió que en Ambala antes de llegar a la casa de Creighton, se compraría una ropa, también indígena, pero un poco más grande. Tenía dinero que no había gastado desde las cinco rupias de Simla, más el obsequio de Mahbub.

Cuando golpeó a la puerta del Coronel, a la pregunta del paje sobre a quién debía anunciar contestó: 'a Kim, de parte de Mahbub Alí, '.

El Coronel mismo, acompañado por la señora Creighton llegaron sonriendo y lo hicieron entrar como a un miembro de la familia.

La conversación fue larga, muy variada y divertida. El Coronel tenía mucha curiosidad sobre detalles de los hechos que habían dejado atónitos a quienes los vivieron de cerca. Kim, simplemente les contó cómo habían sucedido las cosas y la suerte que lo había acompañado, además de la colaboración y astucia del hombre que subió herido al tren y de sus liberadores y de la tontería de los rusos que no habían aprendido nada de las consecuencias que podría traerles ofender la devoción fanática de las gentes de las montañas por sus santones.

En cuanto al encuentro del río del lama... fue lo que fue: simplemente ayudó el estado de debilidad del pobre viejo que después de dos días de ayuno y de sentirse culpable por haber sido tan descuidado con su chela, más su mente deseosa de purificación y súper sensible a las pequeñas cosas que apoyaban su deseo de encontrar el "Río de la Flecha" de cuya existencia solamente él tenía informes. Al amanecer del tercer día de no moverse fuera de una choza en la cual no cabía de pie, el lama escuchó con gran emoción el ruido del agua del riachuelo que regaba el huerto de la 'señora parlanchina', a quien él, Kim había llamado 'madre' después del absolutamente maternal cuidado que le dedicó por cuatro días seguidos y que lo sacó de una situación de ruina física como no recordaba ninguna en su vida y a quien el lama le dio el título de 'amiga y hermana'. Esa madrugada el lama salió y siguió el ruido del agua hasta que encontró el riachuelo, lo reconoció por las señas que él mismo le había asignado al 'Río de la Flecha' y sin más se metió en él. Se hubiera ahogado de no llegar Hurree que andaba viendo cómo obtener informes sobre los papeles famosos, y lo sacó y lo llevó a la casa en donde su ahora 'hermana' lo atendió y lo volvió a la vida. Por estas razones y por la expresa voluntad del lama de que Kim enfrentara sus propias obligaciones porque él lo dispensaba totalmente de los oficios de chela, Kim se sentía libre de toda obligación, aparte del cariño verdadero que siempre tendría por él, y claro por la dama-madre en cuestión.

Nuevo panorama

El Coronel entró en materia respecto de los trabajos. Comenzó por decirle a Kim que, con la información que habían obtenido por esas dos fuentes en las cuales él había sido el actor que las hizo posibles, la situación en el norte había cambiado radicalmente.

Por un lado los rusos que estaban en el borde de sus capacidades militares y económicas tenían que enfrentar un conflicto con Japón, conflicto que sin duda se convertiría en una guerra desastrosa para ellos, más la pérdida de una fuerte inversión relacionada con la aparición de un lama-brujo, y del robo de los avances que sus súper secretos investigadores habían logrado en ocho meses de trabajo, avances escondidos en un paquete que Hurree había rescatado de debajo de una cama, abrieron en Rusia el paso para un acuerdo civilizado con Inglaterra, quien por su lado tenía grandes problemas que atender en África. Tal Acuerdo estaba siendo redactado por los gobiernos y sería firmado en el término de un mes. Con él terminaría el Gran Juego, Juego que, en la práctica, desde hacía dos días estaba muerto en India.

La cara de sorpresa de Kim los hizo reír. El Coronel quiso saber qué pensaba Kim en ese momento porque su expresión era todo menos apesadumbrada.

Kim le dijo que él estaba ahí para recibir órdenes sobre su trabajo como topógrafo y que pensaba preguntarle si él podría utilizar sus tiempos libres de deberes topográficos y de deberes relacionados con el Gran Juego, para aumentar sus conocimientos de Medicina, porque lo poco que había podido aprender y practicar al respecto se le había manifestado como el mejor empleo que podría dar a su vida en el futuro.

Los Creighton a la vez expresaron un ¡Ah! de gusto y satisfacción.

El Coronel fue todo oídos para saber cómo pensaba lograr esos avances. Kim contestó que en Lucknow había conocido médicos ingleses y también indios, estudiosos en diferentes aspectos de curación de las enfermedades más comunes en India. Que, con ese nexo, más su propia historia en San Javier, él tendría un punto de base para comenzar. Inicialmente sería fundamentalmente estudio de lo que ya existía y búsqueda de los reportes que al respecto podría encontrar en cualquier lugar oficial, como los hospitales y clínicas, si tenía un aval que lo recomendara. Por eso pensaba que en Lucknow se facilitarían las cosas. Además por un interés personal de otro género. "¡Ah, ... una chica sin duda!", dijo la muy sonriente señora Creighton. Kim un poco sonrojado contestó que todavía no era "una chica", sino un grupo de amigos en el cual había varias chicas... y que eso era importante para él.

"Bueno, bueno, esperemos al buenazo de Mahbub que debe estar próximo a aparecer para hablar con él de chicas... Llegué a pensar que tu irías antes a Lahore por tus cosas. Tu baúl está aquí. Mahbub lo trajo porque salía en un viaje de su negocio y regresa hoy. Así que podemos almorzar", dijo el Coronel.

El Coronel siguió hablando del tema 'topografía' respecto del cual dijo que "sin duda aparecerán situaciones en las cuales se acudirá a tu ayuda, Kim, pero con la situación del momento, tales situaciones serán muy pocas en el futuro inmediato". Así que lo mejor era meterle vida y esfuerzo y juventud a la Medicina. Los Creighton expresaron ambos su opinión de que era muy valiosa y oportuna la decisión tomada por Kim.

Decisiones serias

Mahbub llegó cuando estaban por sentarse a la mesa. Los miró mientras Kim le apretaba la mano. Todos sonrieron y cinco minutos después entraron de lleno en la conversación. Dijo Mahbub que en Afganistán se respiraba otro aire. Nada de cosas medio secretas, medio ocultas. Pocos mirones de los muchos que antes entraban y salían mientras negociaba cualquier cosa, en fin, los espías parecía que se habían quedado si trabajo o fugado hacia mejores rincones.

Mahbub estaba admirado de la altura de Kim, pero enseguida tomó nota de que había estado mal. El Coronel le dijo que las alturas del Tíbet que habían rejuvenecido al lama, casi acaban con su discípulo.

Luego todos comentaron y cruzaron la información de los últimos estertores del Gran Juego, que tristemente había dejado fuertes vacíos entre los jugadores. Al final llegaron al tema de la Medicina, con lo cual Mahbub estuvo absolutamente acorde y satisfecho. Ofreció todo lo que él pudiera aportar. Terminó diciendo: "Claro que nunca le llegaremos ni al tobillo al lama en cuanto al acierto de los aportes. Les aseguro que muchas veces he pensado por qué no se me ocurrió antes de todo buscar la educación buena y apropiada para 'el amigo de todo el mundo'. Kim se reía porque era completamente loco que pensaran en eso. "Si eso nadie lo pensó", dijo y añadió: "Solo resultó, No ven que yo creía en la profecía de mi Toro y se cumplió, y al principio yo no quería pero mi lama sí quiso, y ahí fue que resulté de alumno de 'Javier', jejeje," Kim se reía al pensar que al principio le había parecido una cosa terrible.

Luego las nuevas intervenciones llegaron a la conclusión de que la Vida era un Juego, más grande que el Gran Juego, en el que todos somos jugadores y los avispados son los que hacen las jugadas buenas, no los que parecen acabar con todos los demás... porque al fin ninguno puede saber lo que va a salir de un movimiento... terminó la conversación con un giro filosófico que ninguno de los presentes intentaba ni buscaba. Lo cierto es que las cosas les habían resultado buenas y ahora debían apuntar hacia lo que venía.

Kim les preguntó qué pensaban de que él se ubicara en Lucknow por las razones ya expuestas. Los Creighton contestaron que ellos estaban muy de acuerdo, que tenían amigos allá y les presentarían a Kim, Mahbub también tenía algunos clientes de confianza a quienes Kim podría acudir en cualquier momento. Le preguntaron si tenía una idea del sector de la ciudad que mejor le convendría. En ese aspecto, Kim no conocía a fondo nada porque sus andanzas en grupo no pasaban de los lugares centrales, y siempre de día. Le gustaría mucho tener ideas de dónde podría ubicarse. Él esperaba que un doctor independiente que conocía, lo contratara como su ayudante y así ganar lo suficiente para sostenerse y pagar el alquiler de un lugar sencillo pero apropiado. Había pensado mucho en si presentarse directamente como inglés, pero decidió que se presentaría como anglo-indio, pues esa era realmente su esencia. No podía renunciar a ninguno de los dos ejes de su vida. Pero sí sabía que no volvería a jugar en la calle o, en su edad actual, al equivalente de pasar la noche en tabernas de regular reputación.

La enseñanza silenciosa del lama

Mahbub le preguntó que quién le había enseñado eso que estaba diciendo. Kim dijo que él lo había sacado como conclusión de las cosas que su lama decía y que siempre le parecieron completamente verdaderas. Mahbub le preguntó si él Kim se había hecho budista. Contestó que no. Que hasta el momento no se había metido en ninguna religión pero que le gustaba oír y respetaba a los que vivían de acuerdo con los principios que según ellos, sus dioses les marcaban. Claro que él había utilizado a los dioses de unos para asustar a los otros, en particular en el tren cuando disfrazó al vendedor de intocable, le aseguró a un hombre que iba en el mismo vagón con su niño a quien él había curado de fiebres, que si llegaba a hablar a alguien de lo que había visto, los dioses de ese hombre que eran muy furiosos se iban a poner en contra de él y el niño podría ponerse muy mal otra vez, o él mismo o su mujer...

El Coronel agachaba la cabeza para reírse del eclecticismo de Kim. Mahbub lo miraba lleno de asombro. Luego tomó el tema del río del cual Hurree le había dicho algo. Kim repitió la historia simplemente. El lama había encontrado el río y creía en sus poderes y en que por ellos, como se había bañado en esas aguas benditas, no volvería a la Rueda de todas las Cosas después y podía morir tranquilo... Mahbub le preguntó que si él, Kim se había bañado en el río del lama y él contestó que claro que sí. Él no sabía si volvería o no a la Rueda porque no creía que hubiera una rueda, pero su lama si creía en ella y vivía triste por tener que volver y volver... siempre volviendo. Con su río se le había ido la tristeza porque él creía ahora con absoluta seguridad que no volvería a la Rueda porque había sido purificado. Kim se alegraba mucho por su lama feliz.

"¿Y tu crees que tu lama es santo?", preguntó Mahbub

Un Sí rotundo fue la respuesta de Kim. Mahbub le preguntó por qué estaba tan seguro

Kim contestó: porque una persona inteligente que siempre dice la verdad y que vive feliz tiene que ser una persona santa. Eso me dijo el Sahib Kipling, Director del Museo de Lahore, el primer día que conocí al lama: "Cuida a tu lama porque es un hombre santo". Repitió: "Eso me dijo", añadió luego de pensar un momento: ..."y tengo que ir a verlo para darle saludos y contarle que el lama encontró su Río". Ah! ahora que me acuerdo él sí creyó en la historia de la Flecha que el Bienaventurado disparó y que al caer hizo nacer un río en ese punto preciso en el que tocó la tierra. Sí, el Sahib creyó todo lo que mi lama le contó y le aconsejó que avanzara hacia Benarés. Que él pensaba que ese río no estaba tan al norte. Ah, y también le regaló sus lentes. El Sahib le pidió los lentes al lama y se los midió. Como le quedaron buenos a él, le dio los suyos al lama para que se los midiera. El lama estuvo asombrado de lo bien que veía y de lo poco que pesaban. El Sahib se los regaló . Mi lama tiene todavía esos lentes y se acuerda del Sahib. Esa noche el lama quería que nos fuéramos de una vez en tren a Benarés y yo le dije que de noche no. Que yo conseguiría un sitio para dormir y me lo llevé al Caravasar a donde mi amigo Mahbub Alí, quien nos dejaría dormir en algún rincón del espacio de sus bultos. Y así fue que al otro día madrugamos para Benarés con una corta parada en Ambala.

El Coronel y Mahbub, como de acuerdo, miraron para lados diferentes, mientras se reían.

Las ventajas de Lucknow

"Y ¿a quién conoces en Lucknow que quieres instalarte allá?", fue la nueva pregunta de Mahub.

Kim le habló de cuatro amigos, tres de los cuales fueron sus compañeros, de un médico a quien él pidió prestado un libro sobre las fiebres palúdicas, de dos chicas que le ayudaban a disfrazarse un poco cuando él escapaba de la escuela y de otra chica que cantaba,... en fin era un grupo de buenos amigos de su edad, más o menos. Después insistió en que quería ser médico y allá había varios y como tenía su historia de buen alumno, pues eso le ayudaría a comenzar y a progresar.

Y, las chicas, ¿qué piensas de las chicas?, preguntó el Coronel.

"Pues las chicas son lindas". "Yo quiero conocer mejor cómo descubrir a alguna que sea muy especial para mí, porque yo quiero tener una familia propia algún día". Contestó el futuro galán de Lucknow.

"Seguro que sí". Fue la unánime respuesta. La señora Creighton le dijo que cuando conociera alguna chica que le gustara mucho, la invitara a venir a Ambala a casa de sus amigos Creighton. Que así ella, después de la visita podría darle una opinión de experiencia sobre la joven. Kim sonrió y de hecho manifestó que tomaría muy en cuenta esa valiosa oferta.

Después pasaron la tarde caminando por el jardín y antes de anochecer Mahbub y Kim decidieron volver al lugar en donde pernoctaban en Ambala y madrugar para Lahore.

Así se despidieron. Mahbub cargó de nuevo con el baúl y los Creighton se quedaron realmente sorprendidos de lo que puede lograr un espíritu como el que adivinaban en el lama que hizo de Kim lo mejor de lo mejor que puede alguien esperar de un hijo.

Una amistad verdadera y peculiar

Una noche de charla con su amigo Mahbub, fue una noche grata para ambos. Kim era un adulto muy joven e inteligente pero en su interior seguía siendo un niño. En sus pensamientos y en sus palabras podría haber picardía, espíritu de contrapunteo, desacuerdo con lo que el otro decía, pero primaba la sencillez, la sinceridad y la ausencia de engaño perverso.

Mahbub era un musulmán creyente aunque alejado de toda discusión sobre los puntos de desacuerdo entre las diferentes corrientes. Cumplía con sus oraciones y se comportaba de acuerdo con las reglas establecidas. No ponía demasiado énfasis en discusiones ni en establecer distancias con las otras grandes religiones de la India. Se dedicaba con ardor a sus caballos y a los negocios derivados.

Los dos formaban una pareja especial de amigos que conocían de cerca los lugares que no hacían separación de personas por niveles sociales, culturales ni económicos, ni tampoco por asuntos religiosos. Sabían moverse tranquilamente en todos los medios populares y eso era un valor muy especial de esa amistad. Ambos lo sabían. Hablaron de Lucknow, de verse con frecuencia, de otros lugares cercanos en donde Mahbub tenía negocios y a donde Kim podría ir en plan de amigo o de médico. Esa misma noche Mahbub tomó la decisión de acompañar a su joven amigo hasta que quedara instalado en Lucknow. Fijaron para cinco días después la fecha de salida de Saharanpur hacia Lucknow.

De momento pasarían un día en Lahore. Al siguiente Kim iría a Saharanpur para despedirse del lama y de la buena señora. Pasaría allá cuatro días y al siguiente se encontrarían en la Estación para el viaje a Lucknow.

Antes de irse a dormir Mahbub quiso que Kim le hablara de su infancia y de su familia. Kim le dio gusto hasta donde pudo. Él tenía muy claro quiénes fueron sus padres, lo cual fue confirmado por el sacerdote Víctor el día del encuentro del Toro Rojo. De la madre no recordaba nada. Se acordaba de una 'tía' que vivió con ellos, su padre y él, y que lo cuidaba y lo quería y le decía que cuando viera a un Sahib por ahí mirando niños, que se escondiera porque ellos buscaban a los huérfanos para encerrarlos en un lugar horrible en las montañas.

Mahbub preguntó por el nombre de la tía. Kim solamente le decía tía Bibi y él pensaba que ella era india pero que mentía y decía que era hermana de la mamá de Kim, para que no la separaran de su papá y de él. Luego le contó que su papá siempre parecía borracho y que era lo que la tía Bibi le daba. Que ella no quería darle pero que él se ponía como loco, y entonces le daba. Era algo que le metía a la pipa de agua. Después del tiempo, cuando pudo comprender, Kim supo que era opio porque ese era el oficio de la tía: vendía opio y con lo que ganaba le compraba cosas y dulces a él. Pero su papá murió cuando él tenía ocho años. Antes de morir el papá le dijo su profecía del Toro Rojo. La tía le hizo el amuleto con los tres papeles mágicos que el papá le entregó y se lo puso al cuello, y ahí estuvieron casi cinco años hasta que el otro cura se lo arrancó la noche que estuvieron en el batallón, cuando él presumiendo de profeta anunció que se los iban a llevar al Norte a una guerra de ocho mil soldados, que fue lo que sacó en conclusión de lo que oyó que el Comandante y el Coronel hablaron después que él entregó el pedigree del semental blanco.

Mahbub se rascaba la cabeza... incrédulo y divertido, dadas las circunstancias de fin del Gran Juego.

Mahbub siguió con el tema de la tía. Quiso saber cuánto tiempo había vivido Kim con la tía después de que el papá murió. Kim no volvió a ver a la tía después de que ella le puso el amuleto. Ella lo abrazó llorando, diciéndole que se escondiera de los sahibs y que no se olvidara de su profecía del Toro Rojo y luego se lo entregó a la vecina que se lo llevó para su casa. La vecina lo quería también porque él le hacía los mandados y jugaba con sus niños que eran más pequeños y él vivió con ellos como dos años hasta cuando la vecina consiguió marido. Entonces Kim comenzó a hacer mandados en el Caravasar y a ganar monedas y se convirtió en 'el amigo de todo el mundo', que tenía muchos lugares en donde pasar la noche y era siempre el jefe de los grupos infantiles callejeros, hasta que apareció el lama junto a la puerta de la Casa Maravillosa que es el Museo de Lahore.

Informando al Director del Museo

Al día siguiente ambos salieron para Lahore. Al llegar quedaron en encontrarse por la tarde en el Caravasar. Kim fue al Museo para visitar al Director, el Sahib Kipling, y decirle todo lo que había vivido con el lama.

El Director lo hizo pasar a su oficina y después de saludarlo con gran afecto, se interesó por saber cómo había sido la visita del lama pues estaba seguro de que ya habría regresado a su Tíbet.

Kim le contó todo lo que pudo, sin olvidar lo mucho que le habían servido los lentes que el Sahib Director le había regalado al lama, ni tampoco que el lama le había pagado a él, Kim, su chela, tres años en San Javier, ni que había encontrado el Río de la Flecha, después de un viaje corto a las montañas, con el relato y todas las señas completas, sin mencionar los asuntos relacionados con el Gran Juego.

Finalmente Kim le habló de su proyecto de hacerse médico en Lucknow. y le prometió que cuando tuviera una dirección estable, le escribiría para comunicársela y que él cuando fuera por esos lados pudiera hacérselo saber. Él, Kim, estaría contentísimo de verlo por allá.

Le aseguró que su lama sería muy feliz si el Sahib Director de la Casa Marvillosa de Lahore lo visitaba en Saharanpur y le permitía llevarlo hasta el Río de la Flecha que el lama mismo había descubierto. El Director, con su gran bondad le aseguró que pronto, posiblemente en la siguiente semana, iría a Saharanpur a buscar al lama y después, cuando tuviera suficiente tiempo, haría el viaje a Lucknow. Que era una gran historia para ponerla en los anales del Museo de Lahore.

Así se despidieron con gran afecto y cordialidad y Kim se fue muy contento al Caravasar en busca de Mahbub.

Kim madrugó para Saharanpur para visitar al lama y a la señora parlanchina a quien desde la pasada enfermedad y convalecencia llamó siempre, 'madre'. Pasó con ellos cuatro días de tranquilidad y gusto. Le habló al lama de la prometida visita del Sahib de Lahore, para que no le diera por irse de viaje antes de que se realizara. Esos días fueron realmente las vacaciones de Kim. El lama y la madre estuvieron muy orgullosos del futuro gran médico de la familia. Seguro que harían más de un viaje a Lucknow para visitarlo.

Instalación en Lucknow

Mahbub y Kim salieron directo para Lucknow. Allá, en poco tiempo Mahbub quien conocía muy bien la ciudad, encontró el barrio apropiado. Quiso tomar él mismo una casa amplia en donde Kim podría llegar a tener un consultorio, además de su vivienda confortable, y que además tenía un apartamento anexo que sería para él, a quien Kim presentaría como un amigo de la familia desde la vida de su padre y suyo de toda su vida. Habían llegado a ser realmente familiares.

Kim quiso oponerse a que su amigo se hiciera cargo de la cuestión económica, pero Mahbub le dijo que le permitiera colaborar en esa última parte de su educación, ya que el lama había hecho lo más grande y fuerte. Además él, Mahbub, se beneficiaría porque a él le gustaba muchísimo Lucknow y así, tendría el gusto de llegar aumentado por el hecho de hacerlo a su casa, pues realmente él no tenía desde hacía mucho tiempo una casa que pudiera llamar suya, y más oportunidades y disculpas para hacer el viaje.

Finalmente quedaron en un plan de colaboración: Mientras Kim lograba una situación estable, para que tuviera todo el tiempo y la tranquilidad necesarias para sus estudios, Mahbub se haría cargo de los costos de la vivienda. Luego fueron al Banco. Allí Kim abrió una cuenta con cien rupias que Mahbub ponía como un ahorro, o como un préstamo, a tres años, por decir algo. Después, Kim las reembolsaría. Pero de momento necesitaba enfrentar los gastos de instalación y de equipo... y etc. y lo mejor era que lo conocieran en el Banco y que fuera entrando en el mundo de los adultos independientes que administran sus ingresos y que generalmente comienzan con un préstamo.

Una semana estuvo Mahbub en Lucknow. Visitaron juntos a los amigos, llevaron a todos tarjetas con la dirección de la residencia de Kim y se reunieron la última noche para celebrar.

Ambos, Mahbub y Kim se sintieron acogidos y ligados con todos y sobre todo, entre ellos dos, con una relación fraternal, realmente fraternal. Uno de los médicos era un hombre mayor que Mahbub, el otro un poco menor, los jóvenes todos estaban alrededor de los veinte. Cuatro chicas tranquilas, dos de ellas interesadas en ser enfermeras más instruidas que lo usual, para atender a los enfermos que requerían más cuidados y una mayor inteligencia en la aplicación de los tratamientos. Una de ellas era la amiga de Kim que cantaba en un grupo. Las otras dos tenían una sociedad que diseñaba y producía ropa deportiva de amplia aceptación.

Mahbub se despidió de todos y ellos de él, con afecto real. Un sentimiento nuevo llenó su corazón. Estaba conociendo la forma más bella de lo que significa la amistad verdadera. Comenzaba a vivir a los cuarenta dentro de una sociedad familiar fundada en el afecto y la confianza mutua. Volvería pronto y repetiría las visitas...

....

Aquí comienza la etapa profesional de la vida de Kim 'el amigo de todo el mundo' quien se convirtió en Kimball O'Hara, 'el médico para todo el mundo'. Esta etapa tendremos que escribirla cuando dispongamos del tiempo necesario y de todos los reportes correspondientes.

Fin de:

"KIM, EL AMIGO DEL TODO EL MUNDO"

Made in the USA
Middletown, DE
12 February 2023

22544016R00066